네가
어떤 삶을 살든
나는 너를
응원할 것이다

왜냐하면 불행했기 때문에

아프고 슬펐기 때문에 나는 읽었고 기도했고 썼다.

나는 연습했고 실패했고 다시 시도했고

그리고 이제 얻어냈다. 아픔과 기도 사이

그 작은 틈새로 불어오는 서늘한 바람.

가만히 앉아 울고 있는 한

아빠가 엄마가 동생이 남편이 친구가 상사가 바뀌어야 행복하다고 하는 한

아무 성찰 없이 털어놓기만 하는 한
그냥 일상의 수렁 속에서 우리는 익사할 뿐이다.

알지?
일어나
다짐해
기도해.
읽고
연습하고
일기를 써.
마음에도 근육이 있어 날마다 연습하는 자가 튼튼해지는
거란다.

약속할게
매일 아침 내가 촛불을 밝히며 하루를 열 때
네 이름을 불러줄게
하느님 어여삐 여겨주세요, 하고.

그리고 나는 오늘도 말할 거야
네가 어떤 삶을 살든 나는 너를 응원한단다.

2016년 8월

공지영

| 차례 |

나는 너 없이도 세계를 창조할 수 있었지만
세계는 내 눈에 영원히 불완전한 것으로 보였을 것이다.

잘 헤어질
남자를
만나라

어떤 사람을 만나거든 잘 살펴봐.
그가 헤어질 때 정말 좋게 헤어질 사람인지를 말이야.
헤어짐을 예의 바르고 아쉽게 만들고
영원히 좋은 사람으로 기억나며
그 사람을 알았던 것이 내 인생에
분명 하나의 행운이었다고 생각될 그런 사람.

위녕, 비가 내리고 있다. 엄마는 많이 아팠다. 너와 스물일곱 살이나 차이가 나고, 살아온 삶이 다르기에 다 할 수 없는 말들이 있었단다. 엄마의 마음 그대로를 이야기하는 것이 너를 더 아프고 혼란에 빠뜨린다는 것도 알고 있었기에 엄마는 엄마가 왜 아픈지 다 말할 수 없었다. 그리고 아픔의 와중에도 이렇게 글을 쓸 수밖에 없다는 것도.

하지만 엄마가 권한 책 한 권을 네가 열심히 읽는 것을 보고는 실은 참 기뻤단다. 네 방에 들어갔을 때 책을 읽다가 네가 한 말, '엄마 이 책 참 좋아, 열심히 읽어볼 생각이야' 했을 때 엄마는 얼굴도 본 적이 없는, 엄마 또래의 이탈리아 작가 수산나 타마로에게 감사했지. 아마 그녀가 평생 엄마와 얼굴 한 번 마주칠 일 없다 해도, 지구상 어느 곳 어느 동쪽에서 어떤 엄마가 딸과의 의사소통이 잘 되지 않는 괴로움 속에서 당신의 책으로 우리는 어느 정도 한마음이 되었습니다, 고맙습니다, 하는 말을 알아들을 거라고 생각해.

『내 영혼이 따뜻했던 날들』이었던가? 그 인디언 소년이 이루 말할 수 없이 외롭고 괴로울 때, 산골의 할아버지에게 전해달라며 허공을 향해 말을 하잖아. 그러면 나무와 바람과 별 들이 그 마음을 할아버지에게 전했지. 할아버지는 그 나무와 바람과 별이 소년의 마음을 전하는 것을 듣고 소년을 찾아왔고 말이야. 우리가 그 구절을 두고 서로 한참 이야기하던 거 생각나니? 언젠가 엄마가 그랬지, 욕설은 아무리 하찮은 의미로라도 하지 말라고. 네가 한 거친 말들이 사라지지 않고 이 지구 위를 떠돌다가 나무에게도 냇물에게도 눈송이에게도 내려앉아 스며들지 않느냐고 말이야. 우리는 그 나뭇잎이 길러낸 과일을 먹고, 그 물을 마시고 그럴지도 모른다고. 그때 너는 어린아이처럼 약간 겁을 먹은 채로 입을 다물었어. 엄마로 말하자면 겁을 주려던 것은 아니었어. 진짜 그런 생각을 하면서 살았으니까 말이야.

엄마는 이 책을 십 년 전쯤 읽었다. 그때 이루 말할 수 없는 위로와 따스함을 전해 받았어. 그리고 얼마 전 우연히 이 책을 다시 읽었다. 그때처럼, 아니 엄마가 나이를 먹은 그만큼 더 감동이 전해오더구나.

이 책은 죽음을 앞둔 팔순의 할머니가 미국에 있는 손녀에게 주는 편지글 형식으로 되어 있잖아. 할머니는 방종한 생을 살다가 죽어버린 딸 대신 그 손녀를 키우게 됐었지. 딸은 지금으로 치면 한때 운동권이었는지 지나치게 급진적인 삶을 살다가 스스로 파멸해버린 그런 여자로 추정된다. 손녀는 세상이 자신을 버렸다고 생각하고 할머니와 불화한다. 그러고는 급기야 할머니를 미워하며 미국으로 떠나 편지 한 장 보내지 않는 상황, 할머니는 죽음을 앞두고 언젠가 이 집에 찾아올지도 모르는 손녀에게 이 편지를 남긴다고 하는 거야.

'울지 마라.'

할머니는 손녀에게 말한다.

내가 너보다 먼저 떠나는 게 사실이긴 하지만, 난 이 세상에 존재하지 않을 때도 계속 이곳에 있을 거다. 멋진 추억으로 네 기억 속에 있을 거야. 나무와 채소밭과 정원을 보면 우리가 함께 보냈던 행복했던 모든 순간들이 생각나게 될 거다. 네가 내 의자 위에 앉을 때도 마찬가지야.

"난 요새 엄마가 싫어!"

너는 어느 날 분노하지도 않은 목소리로 말했다. 나도 말하고 싶었어.

"나도 그래. 조금 다른 점이 있다면, 너는 내가 싫지만 나는 나도 싫고 너도 싫어!"

하지만 나는 엄마잖아. 딸하고 똑같은 말로 싸울 수는 없잖아. 왜 그러냐 하면 그래봤자 상황만 악화되는 걸 여러 번 보았으니까 말이야. 게다가 나는 나잇값도 해야 했고 나중에라도 목이 덜 아프게 처신도 해야 했지.

이 책에 나오는 손녀도 다 싫다고 하더라. 구식인 자신의 할머니도, 자신을 두고 방종하게 떠나버린 엄마도 미워하지. 할머니는 역시 엄마보다 나이가 많아서인지 죽음을 앞두고 손녀에게 자신의 일생을 이야기한다. 소리도 치지 않고 조곤조곤 말이야. 그 시작은 아마도 이런 것이야.

초등학교를 다니는 동안, 난 자신이 내부에서 느끼는 것에 충실하려는 의지와 비록 거짓이라고 직감했지만 다른 사람이 믿는 것에 충실하려는 욕망 사이에서 격렬하게 싸웠다. 뉘우치는 듯이 무릎을 꿇었지만 그건 조용한 생활을 위해 내가 연출해야 하는 수많은 공연들 중의 하나였다.

사랑하는 위녕, 책을 읽고, 거기서 내 마음과 똑같은 구절을 멋들어지게 표현한 것을 발견하는 것은 책을 읽을 때 놓칠 수 없는 환희이지. 이미 팔순에 접어든 할머니가 아니라도 누군들 이런 갈등 없이 학교에 다닐 수 있었겠니? 아니 누군들 이런 갈등 없이 살아갈 수 있겠니? 와우, 수많은 공연이라니!

그리고 이런 갈등에 굴복한 그 시대의 여자들답게 그녀는 괜찮은 남자와 결혼을 한다.

그 당시의 결혼 생활은 거의 그랬고 둘 중 누군가가, 먼저 혹은 나중에 패배하게 되는, 작은 지옥과 같은 결혼 생활로 들어간다. 결혼을 파기하기 위해서는 심하게 학대를 당하거나 반항적 기질이 필요했고 도망을 가서 영원한 유랑 생활을 해야 했어. 하지만 반항은 너도 알다시피 내 성격의 일부분이 아니고 남편이 나와 잠자리를 하지 않는다고 해서 난 손톱만큼의 불평도, 아니 목소리도 내지 않았어. 그는 내게 아무것도 부족하지 않게 해줬지.

위녕, 그런데 엄마는 말이야, 너랑 싸운 것도 금세 잊어버리고, 너를 불러내서 이야기하고 싶었던 거야. 위녕, 결혼에 대해서 이야기해달라고 했지? 어떤 사람을 만나야 하는지 묻고 싶다고 했지? 우선 대답은 이래. 이 소설에 묘사된 것 같은 그런 만남은 안 된다는 거야. 조용한 생활을 위해 자기 자신을 속이는 연극이 필요한 그런 결혼은 안 된다는 거야.

물론, 엄마도 자존심이 있기에 네게 달려가 그런 말은 안 했단다. 그래서 이렇게 편지를 쓰는 거야. '어떤 남자를 만나야 돼?' 하는 물음에 10자 이내로 대답하라고 하면 엄마는 우선 이런 이야기를 할 수 있어.

'잘 헤어질 수 있는 남자를 만나라.'

그래, 예전에 이런 말을 했을 때, 네가 깜짝 놀라던 걸 엄마는 기억해. 누가 엄마에게 요청하지도 않겠지만 엄마는 주례를 설 때도 그런 말을 해주고 싶어. '혹시 이혼하게 되더라도 서로에게 좋은 사람으로 남을 그런 결혼을 이어가십시오' 하고.

어떤 사람을 만나거든 잘 살펴봐. 그가 헤어질 때 정말 좋게 헤어질 사람인지를 말이야. 헤어짐을 예의 바르고 아쉽게 만들고 영원히 좋은 사람으로 기억나며 그 사람을 알았던 것이 내 인생에 분명 하나의 행운이었다고 생각될 그런 사람. 설사 둘이 어찌어찌한 일에 연루되어 어쩔 수 없이 이별을 하든, 서로에게 권태로워져 이별을 하든, 마음이 바뀌어서 이별을 하든, 그럴 때 정말 잘 헤어져줄 사람인지 말이야.

사랑……. 영원하기를 바라지. 더구나 사랑하는 네가 사랑하는 누군가와 헤어진다면 엄마 역시 마음이 몹시 아플 거야. 그러나 우리는 연약한 존재들이고, 일견 환경에 지배당하고, 일견 운명을 거스를 수 없는 사람들이야. 그리고 언제나 누군가를 원망하고 싶을 때 스스로의 내면을 들여다보아야 한다. 그게 어렵게 느껴지면 하다못해 거울이라도 찬찬히 들여다봐야 해.

자기 자신의 내면을 바라보고 싶지 않을 때, 세상에서 가장 쉬운 일은 도피처를 찾는 일이란다. 외부적인 죄는 언제나 존재하고 그 책임이 오로지 우리에게 속해 있다는 사실을 받아들이는 데는 많은 용기가 필요하지. 하지만 네게 말했듯이 그게 앞으로 나아가기 위한 유일한 방법이란다. 만약 인생이 길이라면, 그건 항상 오르막으로 펼쳐지는 거야.

엄마가 인생이 오르막이라는 걸 이미 알고 있었다고 하면 꼭 거짓말은 아닐 거야. 그런데 서반구에 있는 나와 나이가 비슷한 한 여성 작가가 팔순이 다 된 노파의 입을 빌려 인생이 길이라면, 그건 항상 오르막으로 펼쳐지는 거야, 라는 말을 하는 걸 듣자, 엄마는 갑자기 무릎에 힘이 다 빠져나가는 것만 같았어. 하지만 이제는 두렵지 않다고, 예전처럼 그렇게 숨이 막힐 듯이 두렵지는 않다고 말할 수 있어. 위녕, 삶이 힘들까 봐, 너는 두렵다고 말했지. 그런데 말이야. 그래도 모두가 살아내는 또 하나의 이유는 오르막은 다 올라보니 오르막일 뿐인 거야. 가까이 가면 언제나 그건 그저 걸을 만할 평지로 보이거든. 가까이 있다는 이유로 눈이 지어내는 그 속임수가 또 우리를 살게 하는지도 모르지.

그녀는 늘그막에 친구 같은 신부와 함께 산책을 하며 자신의 문제를 묻는다. 신부님은 대답한단다.

고통만이 성장할 수 있게 해주죠. 하지만 고통은 가슴으로 받아들이는 겁니다. 궁지에 빠진 사람이나 불쌍한 사람은 결정적으로 고통을 놓쳐버리고 맙니다. 주머니에 해결책을 가진 사람을 조심하고, 당신에게 자기 마음을 얘기한 사람 외에는 모두 경계하세요. (……) 흘러가게 내버려두십시오. 가야 할 것은 가게 될 것입니다.

가야 할 것은 결국 가고 말 것이라는 이 평범한 진리를 깨닫게 되기까지, 그 모든 것이 혹시 다 내 손에 달려 있어 내가 어떻게 하느냐에 따라 무언가가 달라질까 하고, 가야 할 것이 가는 시간을 결국 늦추어놓고 말았던 그 시간까지, 엄마는 참으로 많은 것을 지불했단다. 가만히 고요하게 있을 수 없어서 말이야. 그리하여 이런 평범한 말들은 엄마의 가슴속에 드디어 사무치게 들리게 되었다.

네 앞에 수많은 길들이 열려 있을 때, 그리고 어떤 길을 택해야 할지 모를 때, 되는대로 아무 길이나 들어서지 말고 앉아서 기다려라. 네가 세상에 나오던 날 내쉬었던 자신의 깊은 숨을 들이쉬며 기다리고 또 기다려라. 네 마음속의 소리를 들어라. 그러다가 마음이 네게 이야기할 때 마음 가는 곳으로 가거라.

위녕, 아직도 부루퉁하지? 엄마가 아직도 싫지? 하지만 할머니가 손녀에게 보내는 편지의 한 구절로 네게 할 말을 대신하고 싶어.

넌 그런 걸 너무도 싫어하지, 그렇지? 하지만 나의 입맞춤을 네가 싫어하든 좋아하든 그런 건 중요하지 않아. 이 순간에도 이미 투명하고 가벼운 입맞춤은 태양 위를 날아가고 있으니까. 넌 어쩔 수 없을 거야.

위녕, 비가 내린다. 가야 할 것은 분명 가야 하지만 또 다른 한편 와야 할 것들도 분명히 온다. 그러니 서두르지 말자. 다만, 내 입맞춤은 서둘러 이 빗방울들을 뚫고 네게 날아간다. 넌 막을 수 없을 거야.

엄마는 오늘 새로운 결심을 했어. 내일부터 수영을 하려고 해.

자, 오늘도 좋은 하루!

그게
사랑인 줄
알았던 거야

소년이 성장하듯 고통스러우며,

봄이 시작되듯이 슬픈,

그 고독의 관문은 참으로 열기 어렵다.

위녕, 춥지? 흐리고 음울하고 바람 부는 쓸쓸한 날을 좋아하는 너는 요즘의 날씨 때문에 살맛이 좀 나니? 지난 4월이던가. 너는 날씨가 계속 쌀쌀하게 해달라고 기도하고 엄마는 제발 더 이상 춥지 않게 기도한다며 웃었던 일이 생각난다. 우산 장수 맏이와 짚신 장수 둘째를 두었던 옛이야기 속의 어머니처럼 신이 꽤 난처하셨을까 싶다. 가끔 엄마가 '무슨 요리를 만들어줄까' 하고 물으면 너희들 셋이서 한번도 일치되는 의견을 내놓은 일이 없는 것도 생각나 잠깐 웃었다. 엄마는 그럴 때마다 '엄마가 무슨 마르쉐 주방장이니?' 하면서 결국 엄마 먹고 싶은 걸 만들어주곤 했지. 왜냐면 어떤 사람 하나의 의견을 들어주면 너희들 중 둘은 언제나 대답했기 때문이지. '엄마는 누구만 이뻐해' 하고.

가끔 엄마는 노래방에서 노래를 부를 때나 시집을 뒤적여 사랑의 시들을 읽을 때 어쩌면 세상에는 이렇게 슬픈 사랑만

있을까 하고 놀랄 때가 많다. 생각해봐, 사랑의 기쁨을 노래
한 시의 수와 슬픔을 노래한 시의 수를……. 왜 그럴까 생각
해봤는데 사랑은 늘 어렵고 그리고 떠나가야 비로소 그 진가
를 아는가 싶기도 하고.

아주 오래전 이야기인데 엄마가 싫어하는 사람이 엄마에게
계속 사랑이라는 이름으로 압박을 가해온 적이 있었다. 잘
알지도 못하고 더구나 얼굴도 전혀 마음에 안 드는 사람이었
지. 몇 번의 설득과 대화 끝에도 막무가내를 부리며 '사랑한
다'고 하길래, 나중에는 그 사람 얼굴만 보아도 미움이 솟구
쳐 오르는 거야.

엄마 친구 한 명은 훌륭한 스님들하고 훌륭한 동료들하고
생명 평화를 위한 국토순례를 하는데 너무도 진지하고 너무
도 고생스러운 순례였다고 해. 그 순례 막바지에 이르자 그
친구는 생명 이야기만 들으면 막 죽고 싶어지고 평화 이야기
만 들으면 아무나 붙잡고 막 싸우고 싶어졌다는 이야기를 했
지. 이야기를 들을 때는 좀 너무한 것 아닌가 싶었는데 엄마
가 엄마를 사랑한다는 그 남자만 보면 미움이 솟구쳐 오르는
걸 보며 그 친구를 이해하게 되었어. 그래서 엄마가 그 남자
에게 말했어.

"사랑? 좋아요. 사랑하라구요. 멀리서 하면 되잖아요. 그걸 왜 꼭 내 곁에서 하려는 거죠? 노래방에 가봐요. 사랑 노래들을 한번 보라구요. 모두 다 멀리서 사랑하잖아요!"

그 사람, 얼마나 마음이 아팠을까, 그 사람, 얼마나 엄마가 미웠을까, 하는 생각은 아주 오랜 시간이 지난 후 엄마가 많이 아프고 그래서 많이 큰 후에나 들더구나. 하지만 지금도 그렇게 해서라도 그를 단념하게 했던 것은 후회하지 않아. 그는 좋은 사람이었지만 엄마하고 어울리지 않는 사람이었고 무엇보다 엄마의 감정을 건드릴 수 없는 사람이었어. 좋은 사람이라고 해서 사랑해야 한다는 것은 아니야. 조건이 좋다고 해서 결혼을 해야 하는 것도 아니야. 삶은 다층적이고 복잡한 거야. 안정되어 있는 것은, 설사 그것이 수백억 대의 재산이라 하더라도 하나도 없어. 엄마 주위에 그렇게 조건을 보고 결혼했다가 불행해진 친구들을 너도 알고 있잖니? 그건 사랑을 믿고 결혼했다가 파국으로 끝나버린 것과는 다른 거야. 그 친구들은 모든 것의 파국이 왔을 때 비참해지고 마는 거야. 비참이라는 것은 결코 물질의 문제는 아니니까 말이야.

라이너 마리아 릴케는 더 말할 것도 없이 위대한 시인. 그런데 솔직히 시들은 좀 난해하고 어려웠어. 그런데 어느 날 엄마가 많이 아팠던 젊은 날에 『젊은 시인에게 보내는 편지』라는 책을 읽게 되었고, 그 이후로 그 책은 성경 다음으로 엄마가 자주 펼쳐 보는 책이 되었단다.

엄마에게는 같은 작품을 여러 번역본으로 가지고 있는 책이 몇 권 있다. 마치 아름다운 교향곡을 여러 사람의 연주 버전으로 소장하듯이 번역상의 오류와 차이 들을 통해 그 작가에게 진심으로 다가가고 싶은 욕심을 불러일으키게 하는 책들. 그중 하나가 바로 오늘 이야기하고자 하는 릴케의 『젊은 시인에게 보내는 편지』이다. 엄마는 그때 사랑하는 사람을 잃고 마음이 많이 아팠을 때였어. 그때 이 구절을 발견하게 되었단다. 엄마보다 오래 아팠고 크게 성장했던 그의 말을 오늘은 에누리 없이 들려주고 싶다. 들어볼래? 한 자 한 자 새기면서 말이야.

비록 부질없고 싸구려 연대감이지만 고독을 그것과 바꾸고 싶을 때도 있고, 형편없고 보잘것없는 사람이라도 좋으니 겉치레라도 그들과 함께 고독을 나누고 싶을 때가 있는 법입니다. 그러나 바로 그런 시간들이 고독이 자라나는 때일지도 모릅니다. 고독이 자라나는 것은 소년이 성장하

듯 고통스러우며, 봄이 시작되듯이 슬프기 때문입니다. 반
드시 있어야 할 것은, 이것 하나뿐입니다. 고독, 크고도 내적
인 고독뿐입니다.

소년이 성장하듯 고통스러우며, 봄이 시작되듯이 슬픈, 그
고독의 관문은 참으로 열기 어렵다. 그러나 릴케가 이야기하
고 있듯이 그것을 열어내지 못하면 우리는 소년 다음의 성장
으로도 봄 다음의 꽃밭으로도 아마 도달하지 못하겠지. 가
끔씩 마음이 쓸쓸할 때, 그의 말대로 비록 부질없고 싸구려
연대감이지만 고독을 그것과 바꾸고 싶을 때, 형편없고 보잘
것없는 사람이라도 좋으니 겉치레라도 그들과 함께 고독을
나누고 싶을 때, 그것이 단순한 외로움이 아니라 고독이 자라
나는 때이며 소년이 성장하듯 고통스럽고 봄이 시작되듯이
슬프지만 반드시 견뎌야 하는 것이라는 다짐을 하는 일은 너
무 어려워. 하지만 이런 어려움이라도 이런 길이 있다는 것은
우리를 위로한다. 비록 우리가 열 번에 열 번을 다 싸구려 위
안에 몸을 맡긴다 해도, 우리가 이 어려움을 알고 있으면 어
느 땐가 우리는 그 고독과 성장의 관문을 열 수도 있으니까
말이야. 어느 페이지를 펴도 릴케가 생을 지불하고 얻은 통찰

력과 신에게서 받은 천재성이 버무려져 우리들 인생의 모든 문제에 깊은 목소리로 대답하고 있는 책이 바로 이것이지.

보통, 사람들에게 삶이 갑자기 쉬워지고 가벼워지고 즐거워졌다면 그것은 벌써 그들이 진지한 삶의 현실성과 독자성을 느낄 수 있는 힘이 끝났기 때문입니다. 그것은 삶의 의미로 봐서는 결코 발전이라고 할 수 없으며, 삶의 모든 가능성으로부터의 결별입니다.

어려움을 사랑하고 그것과 친해지고 배워야 합니다. 어려움 속에는 우리를 위해 기꺼이 애써주는 힘이 있습니다.

엄마가 혼란스럽고 힘들었던 시간 엄마는 이런 구절들을 읽으며 위안을 받았다.

슬픔이란 뭔가 새로운 것 알려지지 않은 것이 들어오는 순간입니다. 그 순간 우리의 감정은 깜짝 놀라 입을 다물고 우리 내부에 있는 모든 것들은 뒤로 한발 물러나 거기에 고요가 생겨나며 아무도 모르는 새로운 것이 그 가운데 침묵을 지키고 있습니다. 우리들의 온갖 슬픔은 긴장의 순간인데 우리들은 그것을 오히려 마비로 느끼고 있는 것 같습니다. 우리들은 고독합니다. 다만 그렇지 않은 것처럼 위장하거나 행동할 뿐입니다.

그리하여 릴케는 사랑에 대하여, 어떤 값싼 충고로도 다 도달할 수 없는 그런 통찰을 내놓는다.

사랑하는 것 또한 좋은 일입니다. 사랑 역시 어렵기 때문입니다. 사람과 사람이 서로 사랑한다는 것, 그것은 우리들에게 부과된 가장 어려운 일일지 모릅니다. 그것은 궁극적인 마지막 시련이고 시험이며 과제입니다. 그런 점에서 젊은 사람들은 아직 사랑할 능력이 없습니다. 사랑도 배워야 하니까요. 모든 노력을 기울여 고독하고 긴장하며 하늘을 향한 마음으로 사랑하는 법을 배워야 합니다. 사랑이란 사랑하는 사람을 위해 승화되고 심화된 홀로됨입니다.

사랑이란 무턱대고 덤벼들어 헌신하여 다른 사람과 하나가 된다는 뜻은 아닙니다. 그도 그럴 것이, 아직 깨닫지 못한 사람과 미완성인 사람 그리고 무원칙한 사람과의 만남이 도대체 무슨 의미가 있겠습니까? 사랑이란 자기 내부의 그 어떤 세계를 다른 사람을 위해 만들어가는 숭고한 계기 입니다. 그리고 자기 자신을 보다 넓은 세계로 이끄는 용기 입니다. 사람들은 오히려 그들의 결합을 행복이라 부르고 자신들의 미래라 부르기도 합니다. 그렇게 되면 각자는 다른 사람 때문에 자기 자신까지 잃게 되며, 상대방과 또 다른 사람까지 잃게 됩니다. 그리하여 남은 것이라고는 구역 질과 실망, 빈곤뿐입니다.

위녕, 엄마는 이 구절을 읽으며 한참 동안 멍해졌다. 엄마가 사랑이라는 것을 한 번도 해보지 않았다고 말할 수는 없지만 릴케 식으로 이야기하자면 다른 이를 위해서 자기 내부의 어떤 세계를 만들어야 할 계기를 깨닫지는 못했던 거 같아. 사랑하면 무조건 함께해야 한다고 생각했지. 극장에도 같이 가고, 도서관에도 같이 가고, 산에도 들에도 바다에도……. 동성애자였다면 화장실까지 같이 가자고 했을지도 몰라. 그게 사랑인 줄 알았으니까 말이야. 그러니 아마도 엄마는 사랑의 입구에서 서성이다가 그냥 돌아서 나오는 바보 같은 생을 살았는지도 모르겠구나. 나를 들여다보지 않고 남을 들여다보고 있었으니까.

하지만 너희들을 위해서 엄마는 엄마의 어떤 세계를 비워야 했던 것은 맞아. 너희들의 자리를 만들었고 억지로지만 마음을 넓혀야 했지.

상처받을까 하는 두려움은 잠시 미뤄두자. 예방주사도 자국이 남는데 하물며 진심을 다하는 사랑이야 어떻게 되겠니. 사랑은 서로가 완전히 합일하고 싶은 욕망, 그래서 두 살은 얽히고 서로의 살이 서로를 파고들어 자라는 과정일 수도 있단다. 그러니 그것이 분리될 때 그 고통은 얼마나 크겠니? 내 살과 네 살이 구별되지 않고 뜯겨 나가며 찢어지겠지. 비명을 지르고 안 지르고는 너의 선택이다. 그러나 그것은 아픈 게 당연한 거야. 네가 오래전 남자 친구 이야기를 하면서 '엄마, 그래도 난 쿨했어'라고 이야기했을 때 엄마가 얼마나 걱정스러운 눈으로 널 바라봤는지 기억나니? 만일 네가 그와 헤어지는데 그저 쿨한 정도로만 아팠다면 아마 다음 두 가지 중의 하나였을 거야. 네가 그와 한 영혼이 되고 싶지 않아 진정 마음의 살을 섞지 않았든지, 아니면 아픔을 느끼는 네 뇌의 일부가 손상되었든지.

위녕, 남자 친구와 함께 우리 집에 놀러 온 네 친구가 부러웠지? 네가 친구를 대신해서 한참 엄마에게 자랑을 늘어놓는 것을 가만히 들으며 엄마도 기뻤다마는, 사랑은 어려운 일. 네 나이 때는 사랑을 가끔 육체가 주는 달콤한 매력과도 혼동할 수 있지. 그러나 사랑은 우리가 살아 있는 동안 할 수 있는 최상의 일이란다. 서두르지 말아라. 다만 언젠가 사랑이 왔을 때 덤벼들어 그것을 망치지 않도록 언제나 너 자신의 성숙을 염두에 두렴. 이제 몇 달이 지나면 너는 스무 살이 되겠구나. 사랑하렴, 또 사랑하고 또 사랑하렴. 남자든 친구든, 엄마든 동생들이든……. 그리고 아무의 손길도 받아보지 못한 외로움 속에 내팽개쳐진 가여운 사람들이든.

그리고 명심해라, 진심을 다해 네 마음을 열면 그다음엔 사랑이 네게 비밀의 길을 열어줄 거야. 자, 그러니 오늘도 사랑을 배우는 하루가 되어보자!

네가 학교에 간 사이 엄마는, 뜨거운 차를 가져다놓고 끝없이 불안하고 고통으로 가득 차 있는 세상과의 교통을 원하는 전화기를 잠시 꺼두고, 일시적인 슬픔보다는 훨씬 더 괴롭지만 보다 위대한 것에 도달할 기회와 영원으로 가는 용기를 주는, 진정한 운명을 기다려본다. 인간으로 태어난 것의 의미를 생각하다가 외롭고 괴로울 때 릴케는 나의 친구가 되어준다.

위녕, 이런 책을 읽을 수 있는 겨울은 얼마나 행복한지!

이런 말을 편지로 받아줄 수 있는 딸을 가진 엄마는 얼마나 행복한지!

오랜만에 수영복을 꺼냈더니, 수영복이 너무 작아진 거야, 원. 그래서 수영복을 사러 가려고 해. 내일부터 진짜 수영을 하려고.

자, 오늘도 좋은 하루!

진심을 다해 네 마음을 열면
그다음엔 사랑이
네게 비밀의 길을 열어줄 거야.
자, 그러니 오늘도
사랑을 배우는 하루가 되어보자!

청찬은
속삭임처럼 듣고,
비난은
천둥처럼 듣는다

물론 엄마는 충분히 불행했음에도
변화하기가 두려웠단다.
왜냐하면 고통보다 더 두려운 것은
미지이기 때문이지.

위녕, 어젯밤에 엄마가 네게 싫은 소리를 한 것이 너를 많이 슬프게 한 것 같았다. 너는 아무 말도 없이 방으로 들어가버렸지. 엄마로서는 열 번쯤을 벼르다가 한 말인데 그 한마디에 네가 부루퉁해지고 우울해지는 것을 보고, 엄마도 좀 마음이 상했다. 최선을 다하라고 했을 뿐인데, 꼭 어떤 목적을 이루기 위해서가 아니라, 너 자신에게 자랑스러워하기 위해서 그리고 앞으로 인생에서 다가올 다른 일들을 위해 그래도 최선을 다해보는 연습을 하라는 말……. 나중에 너는 결국 엄마가 노력하지 않는다고 야단친 것으로 알아들었다고 했지. 작가 엄마랍시고 마치 세상의 평가에는 신경 쓰지 않는 사람처럼, 그런 건 어째도 좋으니 네 인생 행복하면 좋겠다는 듯이 대단한 훈계라도 한 것 같다마는, 그래, 네 말대로 결국은 노력하고 성취하라는 이야기였다는 것을 솔직히 인정하마. 오케이! 결국 그 이야기였다.

하지만 그게 다인 것만도 분명 아니야. 시험이 문제가 아니라, 그 결과가 나올 무렵, 네가 최선을 다하지 않은 너 자신을 싫어하게 될까 봐 사실은 그것이 더 걱정이었던 거야. 그리고 지금 엄마가 하고 싶은 말은 너와 너의 행위, 엄마와 엄마의 행위를 분리해야 한다는 거야. 이건 아주 어려운 이야기가 아니란다. 엄마가 나무라는 것은 '너의 게으름'이지 '게으른 너'가 아니라는 거야. 우리가 비난에 상처 입는 것은 대개는 이 둘을 잘 구별하지 못하기 때문이지. 진정한 충고인지 비난인지는 사실 말을 하는 사람이 이 둘을 잘 구별하고 있는가에 따라 달라지기도 해.

엄마는 작가이고 그래서 여러 사람들의 리뷰와 블로그에 실린 엄마의 소설에 대한 이야기를 읽게 된다. 가끔 터무니없는 오해와 편견으로 상처 입곤 하지. 그들과 나 사이에는 특별한 애정이라곤 없기에 그들은 엄마의 글을 엄마와 동일시하고 그리고 상처를 입힌다. 엄마는 그 말들이 머리에서 떠나지 않아서 가끔은 며칠씩 속을 앓곤 한단다. 그런데 어느 날 이 구절을 발견하게 된 거야. 이 구절은 다음과 같이 이어진다. 엄마가 아주 좋아하는 현대의 영성가 중의 하나인 안소니 드 멜로 신부님의 『깨어나십시오』라는 책에 나오는 말이다.

왜 우리는 칭찬은 속삭임처럼 듣고, 부정적인 말은 천둥처럼 듣는지? 왜 내가 당신과 함께 나눈 긍정적인 얘기는 중요하거나 실제적이지 않고, 부정적인 이야기는 좀 더 구체적으로 다가오는지? 칭찬의 과도한 축소, 그리고 비판에 대한 과도한 민감성은 진정 우리 모두의 문제이다. 그러한 이유 때문에 우리의 자아 존중감이 상처 입는다. 우리는 우리를 거부하는 사람들을 정복하려고 그들을 추적하기에 이른다. 이것이 자아 존중감을 증가시키는 데 도움이 되리라고 믿으면서 말이다. 역설적인 이야기지만 이미 우리 주변에 널려 있는 격려를 감지하는 데 실패하면서 말이다.

'천둥과 속삭임', 참 재밌는 표현이었다. 엄마 역시 엄마를 격려해주고 이해해준 사람들보다는 엄마를 비판한 사람들을 더 많이 생각하며 살았던 거야. 고마운 사람들을 생각하면서 살기에도 짧은 세상에 말이야. 그리고 이어 너와 동생들 얼굴이 떠올랐지. '엄마는 만날 혼만 내!' 하는 말. '엄마는 만날 그 소리야!'라는 말. 너 역시 엄마가 '우리 딸 예쁘구나' 하고 말하면, 엄마는 엄마니까 그렇지 하면서 시큰둥하곤 했잖아. 그러면서 약간 장난스러운 생각도 떠올랐어. 이제부터 야단은 소곤거리며 치고, 칭찬은 천둥소리처럼 소리소리 질러 가면서 해볼까 하고 말이야. 할 수 있다면 말이야. 만일 엄마가 그럴 수 있는 사람이라면…….. 그게 좀 문제이긴 하겠다, 그치?

　사랑은 참으로 어려운 일이라는 것을 일찍이 일곱 살부터 깨닫기 시작했다마는, 너희들을 키우면서만큼 사랑이 어렵다는 생각은 해본 적이 없는 거 같아. 너희들을 키우면서만큼 내가 사랑이라고 생각했던 것들이 실은 덕지덕지 붙은 내 욕망과 집착과 편견과 그리고 타성이었다는 것을 깨달은 적도 없는 거 같아.

　너희들이 엄마 말을 잘 들어야 하고, 키는 커야 하고, 살집은 적당해야 하고 공부는 잘해야 하고, 위험한 곳이란 절대로 가지 말아야 하지만 운동은 좀 해야 하고, 엄마가 기쁠 때는 같이 웃어주어야 하고 슬플 때는 같이 울어주어야 한다는 그런 생각. 안소니 드 멜로 신부님은 말하더구나.

　　그것은 남들을(설사 자식이라고 하더라도, 아니 자식이기에 어쩌면 더) 자기 중독의 충족 수단으로 보는 것입니다.

너무 옳아서 잔인한 말씀이라 엄마가 부르르 떨고 있으니 다시 말한다.

당신은 진정 성장하기를 원하지 않습니다. 당신은 진정 깨어나기를 원하지 않습니다. 당신은 진정 행복하기를 원하지 않습니다. 당신이 원하는 것은 안도하는 것입니다. 치유란 늘 고통스러운 것이니까요. 그것은 변화를 요구하는 것이니까요. 당신은 아무도 사랑하고 있지 않습니다. 그 사람에 대한 편견과 기대라는 관념을 사랑하고 있는 것입니다. 당신은 결코 누구도 신뢰하고 있지 않습니다. 오로지 그 사람에 대한 자신의 판단을 신뢰할 따름입니다.

결국 이렇습니다. 사람들은 성장하기를 진실로 원하지 않습니다. 달라지기를 진실로 원하지 않습니다. 행복하기를 진실로 원하지 않습니다. 어떤 분이 말하더군요. '사람들을 행복하게 만들려고 하지 마세요. 골치만 아프게 될 테니까요.'

아아아, 하고 비명을 지를 만큼 말투는 신랄했다. 신랄하기만 하면 비명 따위는 지르지 않겠지만 그것은 정확히 엄마의 과녁을 맞히고 있었으니 아픈 건 당연하지. 휴우! 내 선택은 이제 둘 중의 하나였어. 그를 미워하든가, 승복하든가. 하지만 엄마는 끝까지 남아서 이분의 글을 읽었다. 왜냐하면 엄마는 이미 불행했고, 무엇보다 내가 불행하다는 것을 알고 있었고, 그리고 행복해지고 싶었기 때문이지. 고통을 충분히 겪었다는 것이 이럴 때 도움이 된다는 것을 엄마는 알게 되었어. 물론 엄마는 충분히 불행했음에도 변화하기가 두려웠단다. 왜냐하면 고통보다 더 두려운 것은 미지이기 때문이지. 설사 여기서 괴로움이 있다 해도 그것이 내가 아는 것이라면 그게 더 나았던 거야. 설사 저 너머에 행복이 있다 해도 우리는 선뜻 나아갈 수가 없으니까 말이야. 그때 엄마는 어렴풋이 알게 되었단다. 유대인들이 목숨처럼 움켜쥐고 있던 율법을 다 부수고, 새 계명을 내뿜으며 변하라고 외치던 예수라는 이에게 왜 가난하고 병들고 버림받은 이들이 몰려들었는지 말이야.

재미있는 이야기 하나 해줄까? 예전에 미국인 선교사들이 남태평양에 있는 섬으로 가서 전도를 했다는 거야. 그때 그 지역의 여자들은 맨가슴으로 교회에 왔지. 선교사들은 기겁해서 부랴부랴 티셔츠와 윗도리를 구해서 그들에게 나누어 주고는 다음부터는 이것을 입고 오라고 했어. 다음 일요일, 그들은 편안하게 통풍이 되도록 셔츠에다 두 구멍을 내고는 가슴을 시원하게 드러낸 채, 교회로 온 거야.

누가 옳을까? 누가 더 하느님께 가까울까? 웃음이 나오는 이야기가 아닐 수 없지.

위녕, 엄마는 변화하기 위해 온 힘을 다해 노력했다. 그런데 그 힘은 뜻밖에도 엄마 자신을 비난하는 데서 오지 않았어. 비난하지 않고 과거의 어리석고 못나고 나쁘고 꼴도 보기 싫은 나 자신을 잘 대해주려고 노력하는 데서 그 힘은 왔단다. 어떻게든 그런 나 자신을 이해해주고 다독여주려는 데서 엄마는 일어설 수 있는 힘을 얻었어. 화해와 용서를 원했지만 그건 기실, 과거에 나를 상처 입게 내버려둔 나 자신과의 화해였고, 용서를 한 건 그런 나 자신을 용서한 거란다. 이제 와서 누구와 화해하며 누구를 용서할 수 있겠니? 엄마는 죄책감 따위는 날려 보내고 반성을 택한 거야. 죄책감은 우리를 병들게 하고 반성은 우리를 변화시킬 힘을 준다. 그게 자기만 아는 거라고? 글쎄, 이 세상 사람들이 진정 자기 자신만을 잘 돌본다면, 불행의 수는 틀림없이 놀라울 정도로 줄어들지 않을까?

남을 위해 자기를 희생해야 한다고 믿는 부인에게 안소니 신부는 말한다.

내가 맞다고 생각하는 대로 내 삶을 사는 것, 그건 이기
적인 것이 아닙니다. 내가 맞다고 생각하는 대로 남에게 살
도록 요구하는 것, 그것이 이기적인 것입니다. 이기심은 남
들이 나의 취향, 나의 자존심, 나의 이득, 나의 기쁨에 맞추
어 살도록 요구하는 데 있습니다. 부인은 내가 나의 행복을
희생하여 당신을 사랑하기를 원하시겠습니까? 부인은 부
인의 행복을 희생하여 나를 사랑하고 나는 나의 행복을 희
생하여 당신을 사랑하겠고, 그래서 불행한 사람 둘이 생겨
나겠지만, 사랑 만세!

위넝, 엄마가 사형수들을 취재하기 위해 구치소에 드나들
었던 것을 너는 기억하고 있겠지? 아직도 엄마와 친구처럼 지
내면서 엄마가 존경을 보내고 있는 한 신부님은 왜 그토록 사
형제 폐지에 온몸과 마음을 다하시냐는 엄마의 단도직입적
인 질문에 잠시 생각하시더니 이렇게 대답했다.
"지금 사형수들하고 함께한 세월이 몇 년인데, 이제 그 사
람들이 죽으면 내가 그 장소에 입회해야 할 텐데, 그러면 그

이후에 내 삶은 어떻게 변할지 생각만 해도 끔찍해요. 난 나를 위해서라도 사형제는 폐지되어야 한다고 생각합니다."

이 글을 읽고 '네 자식이 살해당해봐라' 어쩌구 하는 리플을 다는 사람들은 생각하지 않기로 하자. 엄마는 그때 그 신부님을 믿었고 그리고 배웠다. 그 이후 아직도 구치소를 방문하는 내게 사람들이 가끔 그 이유를 물으면 엄마 역시 대답하곤 한다.

"취재하는 동안 정이 들어버려서요. 절 기다리고 있을 텐데 가지 않으면 제 마음이 불편해서요."

누군가에게 안 좋은 이야기를 들었니? 그러나 다른 더 많은 사람들이 언젠가 해주었던 격려와 그보다 더 많이 무언으로 너에게 건네는 격려를 한 번쯤 같이 떠올려보렴. 네가 돌아서 갈 때 누군가 등 뒤에서 보내주었던 따스한 믿음을 생각해. 친구가 너 싫다고 하니? 세상에 또 친구가 될 사람이 많다. 더 많이 너를 좋아하고 있는 다른 친구들을 마음속으로 불러보는 것도 좋겠지. 하지만 더 멋진 방법도 있단다.

너는 그냥 너의 말을 하고 그 자리에서 나가는 거야. 그래서 득을 보는 사람이 있다면 좋은 일이고, 아니면 유감이지만 어쩔 수 없는 것이라고 생각하는 거야. 엄마가 나이 들며 고통에게 배운 건 이런 거였어.

하지만 그 모든 것보다 중요한 것은 네가 살아 있어야 한다는 것이다. 넌 스무 해를 살았니? 어쩌면 똑같은 일 년을 스무 번 산 것은 아니니? 네 스무 살이 일 년의 스무 번의 반복이어서는 안 된다는 이야기야. 너무 추상적이어서 좀 듣기 뭐하지만 이분의 말을 더 들어보자.

여러분 대부분이 살고 있지 않습니다. 살고 있는 게 아니라 그저 몸이 살아지도록 지키고 있을 뿐입니다. 그건 삶이 아닙니다. 사느냐 죽느냐가 전혀 문제가 되지 않기까지는 전혀 사는 게 아닙니다. 자신의 편협한 신념과 확신들을 들여다보고 다른 세계를 내다볼 수 없다면 죽은 겁니다. 삶은 지나가버린 거예요. 좁은 감옥 속에 겁먹고 앉아서 하느님, 종교, 친구들, 온갖 것들을 잃어버리는 겁니다. 삶은 도박꾼의 몫입니다.

눈을 크게 뜨고 이 세상을 감상하렴. 네가 좋아하는 푸른 젊은 날이 한순간 한순간씩 가고 있다. 네가 졸고 있는 그 순간에도, 네가 눈을 뜨고 있는 그 순간에도. 그러니 민감해지렴. 아직은 습기가 없는 바람에 후두두 날리는 나뭇잎의 소리를 들어보렴. 울타리에 핀 장미의 그 수많은 가지가지 붉은 빛을 느껴보렴. 그들은 뻗어 오르는 생명으로 가득 차 있을 거야. 마치 너의 젊음처럼. 그러면 그 나뭇잎이 바람과 만나는 소리 속에서, 장미가 제 생명을 붉게 표현하는 그 속에서 너는 어쩌면 삶을 한 계단 오를 수도 있을 거야. 너는 무언가에 대해 질문을 가지게 될 것이고 질문을 가진 사람만이 살아 있는 것이다.

위녕, 아직 젊은 너는 모르겠지만 나이가 들면서 삶은 쏜살같이 지나간다. 어느 분이 그렇게 말씀하시더구나. 그 이유는 반복이 일상화되었기 때문이라고 말이야. 네 나이 때는 처음 해보는 일이 처음 해보지 않은 일보다 많겠지만 엄마 나이가 되면 처음 해보는 일이라고는 일 년에 손을 꼽을 정도이지. 그게 사물이든 감정이든 말이야. 여행을 떠나면 왜 시간이 길게 느껴지는지 이제야 이해가 되었어. 낯선 길이 멀게 느껴지는 것도 말이야. 그렇다면 시간조차 공평치 않은 것. 삶을 길게 산다는 것은, 오래 산다는 것은 시간의 잔인함에 내맡겨진 일만이 아니라는 것을 이제 엄마는 알게 되었단다.

사랑하는 딸, 엄마가 네게 비난보다는 격려를 많이 했다는 것을 믿어줘. 물론 격려는 그저 마음속으로만 했을지도 모르지만, 그래도 믿어주겠니? 너를 못마땅해할 때보다는 네가 사랑스럽고 고마울 때가 더 많았다는 걸. 그중 제일 큰 고마움은 네가 내 딸로 태어나주었다는 사실이야.

에궁, 오늘은 꼭 수영을 가야 할 텐데. 그래야 새 삶을 사는 걸 텐데.

어쨌든, 우리 딸. 자아, 오늘도 좋은 하루!

만일
네가 존재하지
않는다면

어느 시인이던가 그런 말을 했다.
'한 송이 수선화를 피우기 위해
온 우주가 협력했으니
지구는 수선화 화분이다'라고.

위녕, 오늘 하루 쉬고 싶다고 투덜거리는 널 보내고 엄마는 이 글을 쓴다. 엄마는 네게 말하곤 했었지. 다만 네가 최선을 다해 성실하기를 바란다고. 생각해보면 절대로 취소하고 싶지 않은 말이지만 또 한편으로는 공부를 잘하라는 압력을 그런 식으로 네게 교묘히 불어넣었는지도 몰라. 이 겨울, 국토대장정을 떠날 돈을 모으기 위해 아르바이트를 찾아다니는 너를 보며 엄마는 실은 네가 시험을 잘 본 것만큼이나 대견했단다. 아직 너는 어리니까 엄마가 조금 도와주어도 좋을 일인데 굳이 네 힘으로 하겠다는 것을 보며 우쭐하기까지 했단다. 그래서 엄마는 오늘 네게 『내 발의 등불』이라는 책 이야기를 해볼까 해. 닐 기유메트라는 신부님이 지으신 짧은 이야기들을 모은 책이야. 늘 그렇듯이 별 기대 없이 책장을 열었는데, 뜻밖의 이야기가 있었다. 제목은 「천사 미니멜」이야. 짧은 이야기니까 좀 들어볼래?

"마지막 천사가 창조되었을 때 그에게 '미니멜'이라는 이름이 붙여졌다. 모든 천사들 가운데 가장 완벽하지 못했기 때문이다"라는 구절로 이 이야기는 시작된다. 천사들은 보통 끝에 '엘'이라는 철자를 가지고 있지. 네 영세명인 미카엘라는 미카엘의 여성형이고 네 동생들 가브리엘, 라파엘이란 대천사들의 이름도 모두 그렇다. 미니멜이란 앞에 붙은 '미니'에서 짐작할 수 있듯이 작고 보잘것없고 막내라는 그런 뜻일 테지. 당연히 천상에서 가장 작고 보잘것없는 존재인 미니멜은 절망하기 시작했어. (천상에서 보잘것없다 해도 우리가 보기에는 엄청나게 아름답고 또 위대한 존재라고 저자는 토를 달았다.) 그래서 미니멜은 죽기로 결심한다. 그런데 천사는 불멸의 존재라, 자살이 불가능해. 방법은 하나. 자기를 만든 신에게 가서 자기를 그냥 없애달라고 부탁하는 수밖에 방법이 없단다.

신은 곰곰 생각하다가 대답한다.

사람들 세상에 피에타상이 수백만 개 존재하고, 나이아가라 폭포가 수백 개, 에베레스트 산이 수백 개 존재한다고 한번 가정해봐라. 그것들은 더 이상 독창적이 아니니 그 절대적인 매력을 잃지 않겠느냐?

나의 창조물들을 자세히 보아라. 어떤 눈송이도 똑같이 생긴 것이 없다. 나뭇잎이나 모래알도 두 개가 결코 똑같지 않다. 내가 창조한 모든 것은 하나의 '원본'이다. 따라서 각자 어떤 것과도 대치될 수 없는 거란다. (……) 너의 경우를 예로 들어보자. 나는 너 없이도 세계를 창조할 수 있었지만 만일 그랬다면 세계는 내 눈에 영원히 불완전한 것으로 보였을 것이다. 너를 미카엘이나 라파엘로 만들 수도 있었다. 그렇지만 나는 네가 너로서 존재하고 나의 고유한 미니멜이기를 원한다. 태초부터 내가 사랑한 것은 남과 다른 너였기 때문이다. 너는 내가 오랜 세월에 걸쳐 꿈꿔온 유일한 미니멜이다. 따라서 어느 날 네가 존재하지 않는다면 어떤 일이 일어날지 아느냐? 만일 네가 존재하지 않는다면 나는 더할 수 없이 슬플 것이다. 영원히 눈물이 그치지 않을 것이다.

엄마는 한참을 이 구절을 붙들고 있었다. 왜냐구? 엄마도 가끔 생각하거든. 나는 왜 이 모양일까? 나에게는 왜 저 사람이 가진 저것이 없을까? 신은 왜 나에게 이런 재능을 주지 않았을까? 하고. 그런데 생각해보게 된 거야. 나이아가라 폭포가 동네마다 있다면, 동네 뒤에는 다 에베레스트 산이 있다면, 피에타상이 온 동네 교회마다 있다면……. 갑자기 말이야, 신기하게도 웃음이 나왔어.

닐 기유메트 신부님은 이 밖에도 많은 재미있는 이야기를 쓰신 분이야. 어떤 사람의 책이 좋으면 그 사람이 지은 모든 책을 읽고 싶은 충동이 드는 것은 너와 내가 같아서 엄마도 이분의 책을 다 찾아 읽었단다.

사랑하는 딸, 가끔 여성지를 펼쳐 들고 있으면 온몸이 오싹해질 때가 있어. 온갖 성형외과 광고와 다이어트 광고들. 그건 이렇게 말하는 것 같았어. 잘라라, 붙여라, 꿰매라, 빼라……. 결국, 지금 너는 추하다!

위녕, 네 코에 대해 불만이라고 했지? 하지만 엄마가 아무리 생각해도 네 코는 너의 입술과 세트를 이루는 아름다운 코야. 네 코가 엄마 코를 닮았다면 너의 입술은 부자연스러웠을 거야. 성형외과 의사에게 들었는데 인간의 얼굴은 이목구비뿐만 아니라 심지어 턱선 어깨선과도 모두 조화를 이루도록 독특한 설계를 가지고 있다고 해. 그래서 얼굴 하나를 잘못 고쳐놓으면 그 모든 균형이 무너져 내리고 그러면 그 균형을 어떻게든 되찾기 위해서 다시금 다른 이목구비에 손을 대게 되는 악순환이 벌어진다고 하더구나.

위녕, 넌 엄마의 심미안을 전혀 믿지 않지만 너는 예쁜 아이야. 그리고 엄마는 너를 사랑한다. 세상에 하나뿐인 위녕 너를 말이야. 만일 네가 없어지면 우주는 균형을 찾기 위해 얼마나 몸부림치겠니? 어느 시인이던가 그런 말을 했다. '한 송이 수선화를 피우기 위해 온 우주가 협력했으니 지구는 수선화 화분이다'라고.

엄마는 오늘은 꼭 수영을 가려고 해. 온 우주에 하나밖에 없는 엄마의 몸을 튼튼하게 지키려고 말이야.

자, 오늘도 좋은 하루!

엄마는 너를 사랑한다.
세상에 하나뿐인 위녕 너를 말이야.

그저 한순간에
지나지 않는 때일망정
소중히 여기지 않으면
안 된다

그러고는 이 얀이라는 고양이는,
'한 걸음 한 걸음 초원의 비탈길을 오르는 동안,
조금씩 조금씩 나의 마음은 말로는 무어라 형언하기 어려운
어떤 행복감으로 차올랐다'고 말한다.
그리고 소설은 끝난다.

위녕, 날이 아주 차다. 며칠 전에는 눈까지 내려 온 세상은 아직도 하얗구나. 엄마는 긴 여행을 다녀와 며칠째 우리 집의 안락함을 만끽하고 있다. 우리 집 이불의 촉감은 세계 어떤 호텔의 것보다도 좋은 것만 같아. 흠, 그래서일 거야. 엄마는 날마다 침대에 허리를 붙이고 있는 지경이다. 하지만 이럴 때 뒹굴거리며 책을 읽는 즐거움을 누가 방해할 수 있을까. 사과도 아삭거리며 먹고 귤도 까고 그리고 커피도 마시면서 뒹굴방굴하는 이 무의미한 달콤함들을 말이야.

그런데 오늘은 아주 이상한 책을 읽었다.

책의 마지막 장을 덮었을 때의 느낌을 엄마는 아직도 뭐라고 꼬집어 말할 수가 없어. 개념이 가지는 모든 거칢을 무릅쓰고, 또 나의 모든 주관적이고 자의적인 언어관에 대해 십분 양해를 구하고, 이렇게 말해도 좋다면, 그것은 '어이없음'이었단다. 그래, 어이없는 책, 그것이 『얀 이야기 - 얀과 카와카마스』이다.

그래서 엄마는 웬만하면 하지 않을 짓을 한번 해봤는데 책을 처음부터, 천천히 다시 읽은 거야. 이 바쁜 세상에 책을 다시 한 번 읽는 일은, 게다가 천천히 다시 읽는 일은 요즈음의 나에게는 참으로 드문 일이었어. 작가의 입장에서 이야기하자면 '여는 글'서부터 본문을 거쳐 '맺는 글'과 '진짜 맺는 글'이 이렇게 유기적으로 잘 짜여진 글도 처음이었지.

그 어이없는 이야기는 이렇게 시작해.

나는 새벽 동틀 무렵의 한가한 시간이 가장 좋다. 바람소리와, 그 바람에 실리어 온 새소리가 창틈으로 어렴풋이 들어와 내가 앉은 의자 곁에 간신히 이르러 서성거릴 때……
그저 한순간에 지나지 않는 때일지언정 소중히 여기지 않으면 안 된다.

그래 분명, 시작이 이렇게 그럴듯하기에 책을 집어 들고 끝까지 읽을 결심을 한 거야. 지금 엄마가 앉은 창밖으로도 바람이 어렴풋이 들어와 내가 앉은 의자 곁에 간신히 이르러 서성거린다. 간신히 이르러 서성이는 바람…… 참 좋지 않니?

작가는 말을 이어간다.

저마다 '아아, 이런 때야'라는 지나간 한순간을, 슬픔을 간직한 채 살고 있다.

그저 한순간에 지나지 않는 때일지언정 소중히 여기지 않으면 안 된다. 이것이 내가 그리는 풍경의 본질이다. 미래와 과거 사이에 가로놓인, 끝없이 펼쳐진 초원. 부디 이 초원에 나 있는 희미한 발자취를 따라 걸어가보라. 천천히, 한 걸음, 한 걸음, 켜켜로 흐드러진 풀들을 밟으면서…… '대체 무슨 까닭이지요?' '그것은 진정한 여행자가 되기 위해서.' '대체 어디로 향하는 건가요?' '그대의 생각이 닿는 곳으로.'

아삼아삼하고 그럴듯하지? 음, 좀 읽다가 천천히 잠에 빠지기 좋은 책일 거 같았어. 뭐 이러다가 드디어 고양이 얀이 등장한다. 거기까지도 좋아. 삽화도 저자가 그렸다는데, 좀 못생기긴 했지만, '뭐 어때, 고양인데. 게다가 초원 위의 고양이잖아' 하며 책장을 넘겼단다.

고양이 얀은 러시아의 한 초원에서 혼자 산다. 조그만 오두막에서. 그리고 어느 날 카와카마스라는 곤들메기가 찾아오지. 못생긴 대구 비슷하게 생긴 생선이야.

요 몇 개월 사이, 이 작은 오두막을 찾아온 이가 아무도 없었기에 바람이 와 닿는 소리를 문 두드리는 소리로 착각한 것이라 생각하고 그대로 내버려두었더니, 문밖에서 다시 분명하게 똑, 똑, 똑, 소리가 들려왔다. 나는 하는 수 없이 문께로 걸어가 지난주에 경첩을 수리해둔 문을 살며시 열었다. 뜻밖에도 카와카마스가 홀로 서 있었다.

"안녕! 오늘은 날씨가 너무너무 좋아. 그래서 나도 모르게 이렇듯 멀리까지 나와버렸지 뭐야. 아차 나는 카와카마스야. 음, 그리고 저 멀리 빛나는 강에 살고 있어."

그리고 그들은 친구가 된다. 얀은 그에게 버섯이 많이 나는 숲을 알려주고, 잼 만드는 법을 이야기하지. 카와카마스는 그에게 플랑크톤이 많은 장소에 대해, 그리고 즐겁게 헤엄치는 법에 대해 이야기해주며 친구가 된단다.

자, 이제 드디어 사건이 시작된다. 돌아갈 때가 되자 카와카마스는 겸연쩍은 표정으로 말해.

"그래그래. 내일은 '이름의 날'(러시아 정교회의 영명축일을 이름의 날로 번역한 것이 이 책의 유일한 흠이다. 영명축일이란 자신의 세례명인 성인의 축일을 말해. 엄마의 영세명이 '마리아'이니까 엄마는 마리아의 대축일 중 하나를 엄마의 영명축일로 지내고 있어. 그리스도교 국가에서는 이날이 생일만큼 중요한 날이라고 하지.) 축제여서 버섯 수프를 만들어야 하는데 안타깝게도 소금하고 버터가 떨어져서 말이야…….. 있잖아. 저, 미안하지만 그것들을 좀 꾸어줄 수 있겠어?"

"응, 그래!"

얀은 조금도 주저하지 않고 그것들을 건네준단다, 기꺼이.

문제는 다음 날 이 곤들메기 카와카마스가 다시 온다는 거야. 그는 들뜬 목소리로 말하지.

"날씨가 너무 좋아서인지 잠을 많이 못 잤어."

그러고는 다시 얀과 함께 잼과 버섯과 강에 대해 이야기를 나누다가 미안하다는 듯이 묻는단다.

"아참, 그래그래. 내일은 '이름의 날' 축제여서 버섯 수프를 만들 생각인데, 공교롭게도 스메타나(사워크림)가 떨어져서 말이야. 괜찮다면 조금 꾸어주지 않을래?"

얀은 병에 담아두었던 스메타나를 내준단다, 기꺼이.
다음 날은 비가 내린다. 얀은 구스베리 열매로 잼을 만들고 있었지. 저녁때가 되어서 누군가 문을 두드린다. 카와카마스야.

"정말 지독한 비였어. 비가 그치려고 할 때 구름을 쫓아서 그만 여기까지 와버렸지 뭐야. 그런데 얀은 무얼 하고 있었어?"
"아차, 그래그래. 그러니까 내일 '이름의 날'에 버섯수프를 만들 생각인데 공교롭게도 나는 버섯을 찾는 데는 아무래도 서툴러서 말이야. 정말 정말 폐를 끼치는 일이 아니라면 버섯을 조금만 꾸어주지 않을래?"

얀은 요전 날 숲 속에서 따온 버섯을 그물자루에 담아서 내민다. 그의 대답은 오늘도 같았다. "응, 그래!" 하고 기꺼이.

그리고 다음 날 하루 종일 카와카마스는 오지 않는다. 그다음 날 저녁이 다 되어서 나타난 카와카마스는 제가 지은 시를 얀에게 들려주지. 그러고는 몹시 미안한 얼굴로 말한단다.

"아차, 그래그래. 내일은 바야흐로 '이름의 날'이어서 말이야. 식사 후에 차라도 한잔 마시고 싶은데 공교롭게도 사모바르가 망가져서 말이야. 정말로 괜찮다면 사모바르를 하루만 빌려줄 수 있겠어?"

엄마가 알기로 러시아에서 사모바르라는 차 끓이는 도구는 우리로 치면, 음, 하나밖에 없는 솥처럼 귀중한 것이야. 그런데 얀은 사모바르를 빌려주지, 기꺼이.

그런데 다음 날부터 곤들메기인지 건달메기인지 하는 카와카마스는 한 달 동안이나 모습을 보이지 않아. (얀은 그동안 아무리 추워도 러시아 사람들이 물보다 자주 마시는 그 차를 끓여 마실 수가 없었을 거야.)

한 달쯤 후, 얀은 카와카마스의 집 쪽으로 가게 되지. 거기 카와카마스의 집이 있었어. 카와카마스는 얀을 집으로 들여놓고 겸연쩍어하면서 온갖 말을 늘어놓다가 그의 집을 나서려는 얀에게 말한다. 빌려간 사모바르를 돌려준다는 말 대신 이렇게 말하는 거야.

"아차 그리고 정말정말 미안한데, 만약 괜찮다면, 폐를 끼치는 일이 아니라면 홍차하고 설탕을 조금만 꾸어주지 않을래? 어쨌든 내일은 '이름의 날' 축제라서 꼭 써야만 하거든."

다음 날 얀은 홍차와 설탕이 젖지 않도록 품에 꼭 끼고서 카와카마스를 찾아간다. 하지만 이미 그는 없단다. 또 그렇게 석 달이 지나가지.

얀은 버섯을 따러 강가로 지나가다가 다시 카와카마스를 만난다. 카와카마스는 얀과 이런저런 이야기를 나누다가 다시 말한다.

"아차, 그래그래. 내일은 나의 '이름의 날' 축제여서 버섯 수프를 만들 테니, 꼭 와야 해!"

어쩐지 이번에는 뭘 달라고 않나 싶었는데, 아니나 다를까 카와카마스는 가다가 다시 돌아보고는 큰 소리로 외친단다.

"아차, 그래그래. 이제야 생각이 났는데 미안하지만 버터 하고 소금이 필요해서 말이야. 만약 괜찮다면 조금만 꾸어 줄 수 있겠어?"(너도 눈치챘겠지만 이 곤들메기는 왜 말 앞에 '그래그래' 하는 거니?)

고양이 얀은 '오늘' 그가 소중히 여기는 것들을 다 빌려주 어 버린단다. 물론 받을 가망이 없다는 것은 독자들도 다 아 는데 얀은 별 신경을 쓰지 않아. 얀에게는 아마 『그는 당신에 게 반하지 않았다』라는 책이 필요해 보이는 듯도 하는구나. 『그 남자에게 전화하지 마라』나 『똑똑하게 거절하는 법』 같 은 책도 곁들이면 좋겠지.

하지만 우리의 얀은 성격도 좋아서 '예기치 못하게 찾아든 봄과 급작스레 최후를 맞는 여름과 황금빛 가을을 보내고 (……) 솔체꽃 군락을 짓밟지 않도록 마음을 쓰면서' 산책을 하고 겨울을 맞는다. 이야기는 그것뿐이다. 그러고는 이 얀이 라는 고양이는, '한 걸음 한 걸음 초원의 비탈길을 오르는 동안, 조금씩 조금씩 나의 마음은 말로는 무어라 형언하기 어려운 어떤 행복감으로 차올랐다'고 말한다. 그리고 소설은 끝난다.

뭐야! 하고 약간 짜증 섞인 소리를 내고 싶은데 얼른 저자가 나선다. 엄마는 생각했어, 그러면 그렇지 뭔가 대책이 있는 말을 하겠지. 지각이 있는 작가라면 암, 그래야지. 그러자 저자가 말하는 거야. 얀은 참 행복했다고.

자꾸 부탁하는 것을 애처로이 여기거나 여러 생각 않고서 순순히 꾸어주었던 일이 얀으로서는 몹시 기쁘고 즐거웠을 것이다. 그리고 예전처럼 또다시 카와카마스를 만날 수 있다는 것이. 자연을 신뢰하고 모든 것을 순수히 받아들이는 것, 그리고 그 전제에는 어디까지나 고운 감정이 필요하다.

그러곤 책이 끝나. 정말로 책이 끝났나 싶어서 여러 번 다시 들춰보았는데 정말 본문은 거기서 끝나는 거야. 엄마가 어이가 없는 책이라는 게 이해가 가지? 말이 되냐구. 너무 오랫동안 혼자 지내서 바람소리인지 누가 문을 두드리는 소리인지 잘 구별도 못하는 불쌍한 고양이 얀에게 이 곤들인지 건

달인지 메기 같은 게 찾아와 '저 멀리 빛나는 강에' 살고 있다며 가진 것을 차례차례 빼앗아가는 이야기. 그러고도 얀은 그냥 초원의 비탈을 오르며 형언할 수 없는 기쁨을 누리다니. '안 돼, 속으면 안 돼! 건달메기인지 카와카마스인지 그놈은 나쁜 놈이라고!' 말하고 싶은 걸 꾹 참고 뒷장을 넘기는데, 작가가 숨 한번 크게 쉴 여유를 두고 말하고 있다.

만일 그대가 카와카마스는 늘 꾸기만 하고 꾸어간 것들을 갚을 줄 몰라 교활하다고 여긴다면, 그것은 그대가 조금 지쳐 있다는 증거다.

이상하게 엄마 가슴이 쿵, 하고 내려앉았어. 험! 하고 헛기침을 하려고 하는데 작가는 처방까지 내놓더구나.

우선 오늘 하루는 학교를 쉬어라. 회사도 쉬어라. 온 하루를 아무런 생각 없이 멍하니 있어보는 것이다.

뒤통수를 한 대 맞은 기분이었어, 솔직히 말이야. 그런데 작가는 여기서 그치는 것이 아니라, 엄마를 북 위에 앉혀놓고 두들기는 듯이 말하더구나.

만일 그대가 카와카마스를 영명축일 핑계를 대는 사기꾼이라 여긴다면 장 주네처럼 가방 속에 칫솔 하나만 달랑 넣고서 지금 곧 회사에 사직서를 내던지고 학교는 무단으로, 학원이나 예비학교는 지체 없이 그만두고 어딘가로 여행을 떠나보라. 아득히 먼 이국의, 여행지의 싸구려 호텔을 전전하면서 그냥 그대로 인생 최후의 날에 칫솔 하나 남기고 떠난다 해도 그것은 그것대로 그대의 책임이다.

뭐야? 떠나라고 해놓고 그래도 그건 또 내 책임이라고? 물으려는데 작가는 하도 얻어맞아 축 늘어진 엄마의 심장에 무심히 마지막 비수를 꽂는다.

'아아, 이런 때야'라고 생각하는 그 순간을 소중히 여기지 않으면 안 된다. 저마다 '아아, 이런 때야'라는 지나가버린 한순간을, 슬픔을 간직한 채 살고 있다.

위녕, 엄마는 책장을 덮고 창문을 열었다. '어이없어'라고 중얼거리고 싶었지만, 엄마 역시 눈물이 어리고 말았다.

'카와카마스는 나쁘잖아, 사기꾼이잖아. 뻔한 거짓말을 늘어놓고 그리고 가져간 것을 돌려주지도 않고 가엾고 외로운 얀에게 멀고 빛나는 강 너머를 바라보게 해놓고……. 그러니 나쁜 사기꾼이잖아' 하고 싶었지만 몇 분 동안 눈물은 흘러내렸다. 이 이유를 너는 아니? 위녕, 엄마는 아직도 모른다. 하지만 엄마는 앞으로도 오랫동안 이 책을 소중히 여길 것을 예감했다. 그러고는 하는 수 없이 중얼거리게 된 거야.

'오늘 하루는 쉬어야겠다. 그래, 하루 종일 아무 생각 없이 멍청히 있어보는 거야' 하고.

위녕, 그러니 오늘은 수영도 하지 말고 그저 꼼짝 않고 있어봐야겠어.

자, 오늘도 좋은 하루!

'오늘 하루는 쉬어야겠다.
그래, 하루 종일
아무 생각 없이
멍청히 있어보는 거야.'

네가
어떤 인생을 살든
나는 너를
응원할 것이다

아무것도 두려워 말고
네 날개를 맘껏 펼치기를.
약속해. 네가 어떤 인생을 살든
엄마는 너를 응원할 거야.

위녕, 이제 겨울이 온다. 이 글을 쓰고 있는 아침에는 차가운 겨울비가 내리는구나. 이제 모든 이파리들이 지고 생명은 땅속으로 숨어들겠지. 엄마는 두려워하지만 네가 좋아하는 차고 흐린 겨울이 오고 있다.

날씨가 차분해져서 창문을 닫는 날이 많아졌다. '타샤 튜더' 시리즈의 주인공인 타샤 튜더 할머니 같은 이는 정원 일이 바쁘고 농사일이 바빠서 하루에 몇 시간밖에 자지 못하는데 겨울이 오면 비로소 잠을 좀 잘 수 있다고 좋아하더구나. 90세가 넘은 할머니가 그런 말을 하는 게 얼마나 멋있고 또 늦잠에서 깨어난 엄마를 얼마나 부끄럽게 하던지. 그 할머니 때문에 엄마는 싫어하는 겨울을 다시 바라보게 되었어. 맑은 하늘과 산들거리는 바람 때문에 집 밖으로 나가 돌아다니고 싶은 생각이 사라지고, 괜히 일없이 싱숭생숭하던 마음도 가라앉고. 그러니 책을 펼 수 있는 계절이 온 거지. 그건 다른 말로 하면 책장을 여는 시간, 그러니까 무언가에 대해 나보다 더 골똘히 생각해온 사람, 나와는 다른 각도로 세상을 보아온 사람에게 마음을 여는 시간, 약간의 갑갑함을 넘어가면 다가오는 고요 속에서 우리가 성장하는 시간이 온다는 의미가 된다는 걸 새삼 깨닫게 되었으니까.

엄마는 이번 주말 내내 『손녀딸 릴리에게 주는 편지』를 읽었다. 엄마의 마음이나 저자 맥팔레인의 마음이나 얼마나 같던지. 너도 그런 적이 있니? 가끔 책의 저자의 말투와 생각이 내 것과 너무 같아서 깜짝 놀라는 그때 말이야. 그때 저자가 마치 내가 맞장구치는 소리를 듣기라도 하는 것처럼, 맞아, 맞아, 입 밖으로 소리를 내가며 즐거운 시간을 보내게 될 테지. 이 세상의 많은 즐거움 중에 자신과 같은 감정과 느낌과 생각을 가지는 사람을 만나는 즐거움은 또 얼마나 크니.

엄마는 엄마보다 22살 많은 캠브리지 대학 교수인 맥팔레인에게 내내 그것을 느꼈고 오랜만에 즐거운 독서를 했다. 이 세상과 어린 것들에 대해 신중하고 사려 깊은 눈길을 보내며 밤늦도록 서재에서 서성거리는 남자는 얼마나 멋있는지. 멋있는 남자가 쓴 글을 읽는 겨울밤은 빛깔 고운 파시미나를 등에 두른 밤처럼 얼마나 따스한지.

얘기가 좀 빗나가는 건지 모르겠지만 엄마는 이런 나이 든 남자들을 좋아해. 겨울밤에 늦도록 불 켜놓고 책을 보다가 잠깐 졸고 있는 나이 든 남자. 그때 노란 스탠드 불빛 아래 언뜻언뜻한 그의 흰머리는 화려한 꽃다발 속에 섞인 보리 이삭처럼 싱그럽거든. 그리고 또, 수수한 셔츠 안으로 색이 아주 화려한 실크 스카프를 살짝 나오게 매는 나이 든 남자, 또 서울교대 앞, 거기 곱창 집 골목 말이야. 거기 지나가다가 가끔 본 건데, 양복을 말쑥하게 차려입고 커다란 서류가방을 낀 채로(그 곱창 집에는 서류가방을 놓을 자리가 별로 없거든) 또래의 늙수그레한 노년의 친구와 소주를 마시면서 열띤 토론을 하는 그런 나이 든 남자. 그 또래의 남자들은 젊은 여자들이 나오는 술집에 앉아 흐리고 음탕한 눈으로 술을 마실 나이도 되었고, 오랜만에 일찍 집에 돌아와서는 커다란 소리로 텔레비전을 켜놓고 대체 무슨 프로그램을 보는 건지 리모컨으로 이리저리 화면을 바꾸다가 어느 순간 가는 코를 골며 졸기도 쉬울 텐데 말이야.

그런데 이 노교수는 책이 잔뜩 쌓인 서재에 앉아 밤이 늦도록 손녀딸에게 편지를 쓴다. 그때 그의 연구실이나 서재 창밖으로 커다란 오동잎이나 후박나무 이파리가 뚝뚝 지고 있을까. 창밖으로는 스산한 비가 토도도독 유리창에 부딪히는데 그는 아마 밀크와 설탕을 듬뿍 넣은 향기로운 홍차를 마실지도 몰라.

이 편지를 받는 그의 손녀 릴리를 생각해본다. 릴리는 아마 네 또래가 아닐까? 그런데 실은 이 편지를 받는 릴리와 이 노교수는 피 한 방울 섞이지 않았어. 릴리에게는 맥팔레인 교수가 엄마의 의붓아버지이니까 말이야. 말이 복잡한가? 그러니까 릴리의 엄마가 8살 꼬마일 때 맥팔레인 교수는 릴리의 외할머니와 결혼한 거지. 하지만 엄마는 이 편지를 읽어나가는 동안 이 노교수가 보낸 편지를 받는 십 대의 주근깨박이, 눈이 반짝이는 소녀를 그려보았단다. 편지를 쓰는 이나 받는 소녀나 그 눈은 아마 사랑으로 빛났을 거라는 걸 한 번도 의심해보지 않고서 말이야. 핏줄? 그건 계승할 왕관과 물려줄 영토를 지닌 사람들의 일이라고 엄마가 여러 번 핏대를 올리는 일을 너는 보았겠지? 그런 것도 없는 우리는 뭐랄까, 하는 수 없이 좀 더 형이상학적이고 정신적인 일에 골몰하는 수밖에 없지 않겠니?

이 할아버지는 문화인류학자, 대학에서 30년 이상 학생들을 가르쳐왔으며 세계 곳곳을 여행하며 다양한 문화를 직접 눈으로 목격한 사람이다.

'릴리야. 지구에서 멀리 떨어진 행성에 사는 외계인이 지구를 방문했다고 가정해보자'라는 말로 이 책은 시작된다.

엄마도 가끔 이런 생각을 얼마나 많이 하는지 너도 알지. 이런 생각의 이점은 엉뚱해서 재미있다는 것 이외에도 우리에게 너무 당연해서 얼마간 지루하게 느껴졌던 것들을 당연하지 않게 환기시켜주는 역할을 한다. 언젠가 너와 내가 함께 좋아했던 책 『우연한 여행자』의 여주인공 뮤리엘도 이러한 이야기를 하고 있지. 그때 그 외로운 뮤리엘(이 이름 참 예쁘지? 그런데 얼마나 외로운 여자냐 하면 밤늦은 시간, 시간을 알려주는 곳에 전화를 걸어 그것을 듣는 여자야. 1시 15분 16초입니다. 1시 15분 17초입니다. 이런 말을 듣고 있는 거야. 엄마도 한때 그렇게 깊은 밤에 오늘의 날씨를 알려주는 곳에 전화를 걸어 그것을 듣고 있곤 했었어. 지금은 인터넷 덕에 그런 전화는 하지 않게 되었지만 말이야)이 응급실 앞을 지나가면서 말을 하지. '외계인이 처음 도착한 곳이 이 응급실 앞이라면 외계인들은 우리 지구인들이 서로를 도우며 서로에게 얼마나 친절하다고 생각할까요?' 하고 말하지. 그럼 외계인이 다른 곳에 도착했다고 상상해보

자. 참으로 많은 대답이 나올 것 같지.

지구라는 초록별을 우주에서 볼 수 있다면 얼마나 좋겠니. 책의 첫 구절에서 나와 같은 생각을 발견한다는 것은 만나자마자 내가 고민하던 문제를 말해주는 사람을 만나는 것만큼 흥미로운 일이야. 맥팔레인 교수는 편지를 쓰게 된 동기를 이렇게 이어가고 있어.

릴리야, 나는 네 할아버지로서, 네가 세상을 이해하는 데 조금이나마 도움이 될 이야기들을 해주고 싶다. 혼란스러운 이 세상을 어떻게 받아들여야 할지 몰라 당혹스러워하고 있을 너를 위해서 말이다.

나 또한 너만큼이나 혼란스러웠다. 솔직히 고백하건대, 가끔은 어떻게 해야 좋을지 모르는 선택의 기로에 서서 누군가 길을 정해주기를 바란 적도 있었다. 그랬기 때문에 어쩌면 이렇게 편지를 쓸 용기를 냈는지도 모르겠다. 물론 내가 영원히 네 곁에 있지 못할 것이므로 지금 네게 편지를 쓰는 것이 중요하다고도 생각했다. 네가 아무리 나를 불러도 대답이 없는 때가 분명히 올 것이기에.

바로 이 대목에서 엄마는 맥팔레인 박사가 내 앞에 있기라도 한 것처럼 '맞아요, 맞아' 하며 중얼거렸다. 아마 똑같았어. 혼란스러웠고, 혼란스러웠던 것보다 더 많이, 실은 조금은 과장되게 방황했고, 그리고 누군가 아주 현명한 사람이 나서서 나한테 이래라저래라 했으면 좋겠다 생각했지. 이럴 때 엄마가 느끼는 감정은 대개는 두 가지야. 하나는 나를 대신 표현해주는 데 대한 고마움이고 하나는 나보다 더 잘, 더 깊이 그런 것들을 표현해내는 저자에 대한 질투심이야. 하지만 앞에서 말했듯이 이분은 멋진 할아버지고 흠, 뭐랄까? 질투만을 느끼기에는 너무나 따스한 사람이었다.

게다가 '네가 아무리 나를 불러도 대답이 없는 그때'라는 표현에서 그만 울컥하고 말았지. 그가 얼마나 릴리를 오래 바라보았는지, 릴리는 얼마나 할아버지를 불렀는지, 알 것 같았거든.

28개의 주제로 쓴 편지는 저자의 손녀 릴리나 너 말고, 엄마에게도 호기심 어린 것들이었어. 예를 들면 이런 것들이지.

나는 누구일까?
사랑하면 꼭 결혼해야 할까?

섹스는 왜 하는 걸까?

가족 간의 벽은 왜 생기는 걸까?

사람은 왜 잔인해지는 걸까?

친구란 무엇일까?

왜 신은 인간의 고통을 보고만 있는 것일까?

왜 끊임없이 공부만 해야 하는 것일까?

언제나 행복하게 사는 방법은 무엇인가?

왜 학교는 엉뚱한 생각을 싫어하는 걸까?

아프리카에서는 왜 4초에 한 명씩 굶어 죽을까?

법대로 하는 것이 최선의 방법일까?

아이는 꼭 낳아야만 할까?

물론 이 책이 이런 근본적이고 심오한 물음에 속이 시원한 대답을 해줄 리는 없다. 그것은 누구도 해줄 수 없는 것이니까. 대신 저자는 대답 대신 우리에게 왜 질문하지 않느냐는 다소 엉뚱한 말을 하고 있구나.

우리는 나이 들수록 의문을 품지 않고 질문을 하지 않는 경향이 있다. 자신이 배운 삶의 가치를 자연스럽고 당연하게 받아들이기 때문에 생기는 현상이다. 그렇게 되면 어느 날 살아가는 것이 아니라 살아지는 것이 된다. 절대적이고 당연한 가치들이 존재하는 곳에서 능동적으로 자신의 삶을 개척하기란 쉽지 않기 때문이다. 나는 네가 온전히 너의 삶을 살기를 바란다. 그러기 위해서는 너와 네가 사는 세상을 낯선 시선으로 볼 필요가 있다. 좀 더 객관적인 눈으로 인생을 멋지게 설계하기 위해서 말이다.

그는 세계 여러 나라를 몇십 년 동안 여행하면서 여기에서 당연한 것이 저기에서 당연한 것이 아니라는 것을 깊이 체험한 듯하다. 말하자면 '사랑하면 꼭 결혼해야 할까?'라는 글에서 결혼이라는 낱말과 개념이 아예 없는 중국 남방의 한 부족 이야기를 꺼낸다. '우리'라는 개념이 잘못 적용될 경우, 거기서 제외되는 '그들'에게 인류가 얼마나 터무니없이 잔인해질 수 있는지를 이야기한다. 민족이나 국적 혹은 피부색이라는 이름으로 말이야. 너도 알지? 우리가 가끔 '우리와 다르다'는 그 단순하고 무식한 이유로 다른 이들의 생을 얼마나 함부로 다루곤 하는지.

그래, 얼마 전 네가 고민하던 친구에 대해서, 우정에 대해서도 그는 말하고 있다.

　누군가를 호감을 갖고 좋아하는 것은 누군가를 사랑하는 것과는 다르다. 흔히 사람들은 부모나 형제를 사랑하지만 좋아하지는 않는다고 말한다. 흔히 있는 일이다. 호감과 사랑이 모두 중요하기는 하지만 같은 것은 아니기 때문이다.
　우정은 정적이지 않다. 우정은 마치 강물과 같아서 어떤 방향으로건 흐를 때만 의미가 있다. 언제나 발전하고 변화하고 넓어지고 새로운 경험을 흡수해야 한다. 누군가 말했듯이 잉글랜드 사람들은 친구가 아니라 무엇인가에 대한 친구를 가지고 있다. 그러나 친구는 결코 배타적인 소유물이 될 수가 없다. 인생을 살면서 가장 어려운 일이 친구를 나누거나 잃는 일임을 배우게 될 것이다.

　위녕, 너도 배우고 있지? 이 가장 어려운 일을, 언젠가 네가 친구에 대해 물었을 때 엄마도 언젠가 어떤 스승에게 들은 말을 네게 해줄 수밖에 없었어. 삶은 등산과 같고 친구는 그 등산길의 동료와 같다고 말이야. 등산로 입구에서 그렇게 많았던 사람은 다 어디로들 가버렸는지 올라갈수록 인적은 드

물어지고 그리고 외로워진다는 것을 말이야. 설사 누군가를 만나 함께 걸을 수는 있지만 때로는 운이 좋아 정상까지 함께 갈 수도 있지만 대개는 갈림길에서 헤어지거나, 각자가 걷는 속도에 따라 만나고 또 헤어지고 한다는 것을.

엄마는 그 말을 오래 생각했단다. 엄마에게도 만나고 헤어지는 일은 아직도 서툴고 힘든 일. 가끔은 꿰매놓은 가슴살의 솔기가 통째로 뜯겨져 나가는 것만 같아. 그러나 그럴 때마다 생각해본단다. 삶은 흐르는 강물과도 같아서 잠시 맴돌수는 있지만 영원히 머무를 수 없다는 것을 말이야. 흘러가는 것, 흘러가야 하는 것, 흐를 수밖에 없고 흐르기를 원하는 그것들을 흘러가게 내버려 둘 때, 그게 누구든, 그게 설사 나자신이라 해도 그때 삶은 비로소 자유의 빛깔을 띠게 되지. 그래, 어려운 일이야. 엄마가 무서워하는 등산보다 더. 솔직히 말하면 엄마도 그래. 아직도 배우고 있단다. 친구를 나누거나 잃는 이 어려운 일을.

그러고 나서 맥팔레인 할아버지는 역사와 문명의 흐름 속에서 손녀가 갈 길을 제시하고 있다. 이 대목에서는 지식인으로서의 그가 손녀에게 최대한 쉬운 말로 앞으로 가야 할 길을 제시하고 있는 듯한 안간힘이 느껴진다. 그 제시하는 바가

'이거다!', '저거다!', '하면 된다!' 같은 호쾌하고 단순한 거짓 지도자의 말이 아니어야 하기에 할아버지는 더 힘겨웠을 것 같다.

물론 우리는 세상을 더 나은 곳으로, 덜 잔인하고 덜 혼란스럽고 덜 불공정한 곳으로 만들려고 노력해야 한다. 그러나 세상을 상상 속의 낙원으로 만드는 것은 불가능하다. 단순히 그런 황금시대가 존재한 적이 없었다는 사실 때문만이 아니다. 지상의 낙원을 건설하려는 시도는 그 뜻이 아무리 좋다 해도 결국 공산주의와 전체주의 같은 비극으로 끝나기 마련이다. 그런 시도가 낙원이 아니라 지옥을 만들어내는 이유는, 인간과 사회에 대한 전적으로 비현실적인 개념에서 출발하기 때문이다. 결국 무엇을 하건 우리는 우리 자신의 모순적인 속성을 받아들이며 살아가는 수밖에 없다. 그러면서 우리가 바랄 수 있는 일이라면 지구라는 조그마한 행성을 함께 나눠 쓰고 있는 다른 인간과 생물에게 최소한의 피해를 주며 살아가는 것이다.

하지만 그렇다고 저자가 이 모든 것을 상대적인 가치관에

올려놓고 멀리서 관찰하고 구경하는 사람이란 이야기는 아니다.

우리는 쉽게 냉소주의자가 될 수 있다. 세상에 진실이란 없으며 공정함이란 허구에 불과하고 관찰은 철저하게 편파적이며 모든 이론은 정치적 편견에 사로잡혀 있다고 생각할 수 있다는 말이다.

물론 절반은 옳다. 진리를 발견했다고 주장하거나 올바른 길을 찾았다고 주장하는 사람 또는 삶의 중요한 목적을 찾았다고 주장하는 사람을 의심할 필요가 있다. 그러나 그렇다고 해서 진리나 정의 혹은 목적을 발견할 수 없다거나 추구할 가치도 없다고 생각한다면 의미 없는 인생이 되고 만다.

너는 '엄마, 또 그 얘기야?' 하고 묻겠지만, 너희들 사이에 얼핏 퍼져 있는 소위 그 '쿨'인지 뭔지 하는 생각들 때문에 엄마는 또 오늘도 이 이야기를 꺼낸다. 엄마는 이 냉소들과 아주 오랜 시간을 싸워왔다. 울고불고 다친 무릎에 피딱지를 붙인 채, 절룩이며 달려갔을 때, 겨우 피식 웃는 친구의 얼굴을 너는 상상해본 적이 있니? 그때 엄마는 그들이 얼마나 부러웠는지. 그들이 얼마나 어른스러워 보이고 얼마나 멋있어 보였는지. 어떻게 하면 그들처럼 될 수 있는지 엄마도 열망하던 날들이 있었단다. 그리고 그때 눈물범벅이 된 내 얼굴의 땟국물은 얼마나 부끄러웠는지. 그러나 위녕, 그러한 냉소들은 그들의 친구였던 나뿐만 아니라 그들 자신에게 결국은 얼마나 깊은 상처를 주었는지 엄마는 시간이 흐르면서 알게 된 것이지.

가난하기 때문에 불행한 사람이 멸시까지 당하는 것을 볼 때, 아직도 변하지 않았으며 심지어 가려고 하니까 더 열렬해지는 나를 두고 사랑이 저 혼자 가버릴 때, 말도 안 되는 봉변을 당하게 해놓고 더 큰소리치는 상대방을 볼 때 '쿨'한 사람이란 뇌에 약간의 손상을 입었거나 심리학적이고 정신병리학적 문제들을 많이 가지고 있는 사람들일 뿐이라는 것을 엄마는 알게 된 것이지.

그래, 상처받지 않기 위해, 냉소적인 것, 소위 쿨한 것보다 더 좋은 일은 없다. 글을 쓸 때에도 어쩌면 그게 더 쉽고, 뭐랄까 문학적으로 더 멋있게 꾸미기도 좋아. 그러나 그렇게 사는 인생은 상처는 받지 않을지 모르지만, 다른 어떤 것도 받아들일 수가 없어. 더욱 황당한 것은 상처는 후회도 해보고 반항도 해보고 나면 그 후에 무언가를 극복도 해볼 수 있지만 후회할 아무것도 남지 않았을 때의 공허는 후회조차 할 수 없어서 쿨(cool)하다 못해 서늘(chill)해져 버린다는 거지. 네가 할머니가 되었을 때 길을 걷다가 문득 돌아보니, 네 인생 전체가 쿨하다 못해 텅 빈 채로 '서느을'하다고 생각을 해 봐. 네가 엄마 앞에서 '으악!' 지르는 소리가 들리는 듯하구나. 그래 엄마가 하고 싶은 말이 그거야. 그건 분명 상처는 아니지만 그건 공포라고, 엽기라고, 말이야. 상처는 분명 아픈 것이지만 오직 상처받지 않기 위해 세상을 냉랭하게 살아간다면 네 인생의 주인 자리를 '상처'라는 자에게 몽땅 내주는 거니까 말이야. 상처가 네 속에 있는 건 하는 수 없지만, 네가 상처 뒤에 숨어 있어서는 안 되는 거잖아.

맥팔레인 박사는 다시 덧붙인다. 이 모든 것의 결론이자, 추상적이고 공허해질 모든 위험을 무릅쓰고 해야 하는 말, 하지만 '네가 불러도 더 이상 대답을 할 수 없는 그 시간'이 와도 혹은 그 시간이 지나가버린 후에도 엄마가 결국 네게 하고 싶은 그 말, 말이야. 그것은 이런 것이야.

지금까지 이 지구상에 너와 같은 사람은 존재하지 않았고 앞으로도 존재하지 않을 것이다. 이 말은 지구상에 존재하는 모든 사람들에게 똑같이 적용된다. 하지만 그로 인해 너의 특별함이 줄어들지는 않는다.

그리고 마지막으로 네게 해주고 싶은 말이 있다. 릴리야, 사랑한다. 나는 네가 어떤 인생을 살든 너를 응원할 것이다. 그러니 아무것도 두려워하지 말고 네 날개를 마음껏 펼치거라. 두려워할 것은 두려움 그 자체뿐이다.

그렇지? 사랑하는 딸!

그냥 살아지는 것이 아니라 네가 살아내는 오늘이 되기를. 당연한 것을 한 번 더 당연하지 않게 생각해보기를, 아무것도 두려워 말고 네 날개를 맘껏 펼치기를. 약속해. 네가 어떤 인생을 살든 엄마는 너를 응원할 거야.

그런데 오늘은 누가 집에 온다고 하네. 오늘은 꼭 수영을 가려고 했는데…….

자, 오늘도 좋은 하루!

삶은 우리보다
많은 걸
알고 있는 거 같아

삶에 대해서는 누구나 겸손해야 하는 것 같아.

삶은 엄마보다 멀리 보았고 엄마보다 엄마를 잘 알았는지도 몰라.

그 삶을, 우주, 신, 혹은 어떤 인생이라고 바꾸어도 대답은 같아.

위녕, 좀 한갓지거나 연휴가 오거나 아니면 휴가를 떠날 때, 엄마는 인터넷 서점을 뒤져 책을 주문한다. 그때 가장 선호하는 것이 문고판 책들이야. 문고판 책들은 아직 그 값이 매우 싸고 그야말로 '고전'으로 채워져 있으니까 책을 받으면 가끔 횡재라도 한 듯 기쁘지.

엄마가 중학교 2학년 때였던가, 그 시절 우리에게는 삼중당문고라는 책들이 있었어. 그때 돈으로 200원 균일가였으니 지금 가치로 치면 얼마나 될까? 일반버스 요금의 한 세 배쯤 되는 가격이었으니 참으로 싸고 좋은 책이었지. 그때 엄마는 아주 친한 친구와 함께 수업이 끝나면 서점에 들러 삼중당문고를 구입하곤 했어. 문고판 뒤에 문고 전체의 목록이 나와 있는데 그걸 하나 오려서 책상 앞에 붙여놓고, 한 권을 읽을 때마다 색연필로 하나씩 지워나갔지. 아마 엄마가 읽은 소위 세계 명작의 8할은 그때 읽은 거 같아. 물론 그것이 꼭 재미있어서 그랬던 것 같지는 않아. 친구와의 경쟁심도 좀 작용했고, 음, '난 이런 책도 읽었어.' 뭐 이런 거드름도 피우고 싶었던 거, 이게 인생에서 꼭 나쁜 일은 아닌 거 같아. 그리고 왠지 그런 좋은 책을 읽고 있는 나 자신이 멋있는 것 같은 착각, 그리고 또 하나는 재미없지만 좋은 책이라고 붙들고 있는 나 자신에 대한 대견함 같은 것도 있었겠지. 하지만 무슨 소리인지 몰랐다고 해서, 그것이 엄마에게 아무것도 아니었다는 것은 아니야. 너도 왜 엄마가 하는 말 중에 그때는 몰랐는데 나중에 자라 보니 '아하, 그게 그 소리였구나' 하며 깨달을 때가 있지? 그런 거. 엄마가 아는 어떤 선배는 책을 읽는 행위를 '완물치지(玩物致知)'라고 하더라. 유교 경전 중 하나인 『대학(大學)』에 나오는 격물치지(格物致知)를 바꾼 말인데, 그러니까 가지고 놀다 보면 앎에 이른다는 거야. 문고판 하나 가지고 너무 이야기가 길었나? 어쨌든 이렇게 해서 내게 흘러들어온 책이 오스카 와일드의 『옥중기』이다.

물론 너도 오스카 와일드를 기억하고 있지? 『행복한 왕자』라는 감동적인 동화를 쓴 작가이면서 유미주의, 탐미주의를 표방하는 데카당스의 선두주자, 방탕한 생활과 돌발적 어투로 시대의 문제아가 되었던 사람, 그런가 하면 또 가끔 그리스도교 책 속에서 그의 구절이 몇 개 인용되기도 했는데 그때 그의 글들은 같은 사람이 썼다고는 볼 수 없을 정도로 도발적이며, 때론 신성했고, 한편 거룩했다. 그래서 엄마는 이 사람의 정체성이 참 궁금했었어.

그가 감옥에 들어간 일도 동성애 파트너인 남자 아버지의 고소에 따른 것이었다고 해. 그는 지금으로 치면 9시 뉴스에서 특집방송을 할 정도로 대대적인 손가락질을 받으며 옥에 갇혔다고 하지. 온 런던이 이 사람을 배척했고 온 사람들이 그를 조롱했다. 오스카 와일드는 이미 위선적인 영국 사회를 비판하며 신랄한 말들을 해왔었어. 사회적으로 그는 이미 미운 오리새끼 같은 사람이었단다. 그가 해놓은 말들을 보면 이해도 돼. 신랄한 것이 옳지 않으면 미움은 받지 않았겠지만 말이야. 그의 말을 들어봐. 그건 이런 것들이지. 재미있으니까 들어볼래?

미국에서 대통령은 4년간 집권하고 언론은 영원히 통치한다.

민주주의(democracy)란 단지 인민을 위하여, 인민에 의해서, 인민을 커다란 몽둥이로 두드리는 것을 뜻할 뿐인 것이다.

사랑이란 언제나 자신을 기만하는 것에서 시작해서 타인을 기만하는 것으로 끝난다. 이것이 세상에서 말하는 로맨스라는 것이다.

연애 감정이란 서로가 상대방을 오해하는 데서 생겨나는 것이다.

올바른 결혼의 기초는 상호의 오해에 있다.

유행이란 하나의 추악함의 형태이며, 대단히 사람을 피곤하게 하므로 석 달에 한 번은 바꿀 필요가 있다.

의무란 사람들이 타인에게 기대하는 것이다.

인생은 모두 다음 두 가지로 성립된다. 하고 싶지만 할 수 없다. 할 수는 있지만 하고 싶지 않다.

인생이란 대단히 중요한 것이다. 진지한 표정으로 거론할 수 있는 그런 하찮은 것이 아니다.

어때? 입을 손으로 반쯤 가리고 킥킥 웃음이 나올 거 같지? 그런데 그가 이제 조롱거리가 되어 갇힌 거야. '고통은 매우 긴 하나의 순간이다'라는 말로 이 글은 시작된다.

1895년 11월 13일, 나는 런던으로부터 이곳에 송치되었다. 그날 나는 그때부터 2시 30분까지 수의를 입고 수갑을 찬 채 뭇사람들의 구경거리로 클래펌 정션의 플랫폼 한가운데 서 있지 않으면 안 되었다. 나는 이루 말할 수 없이 괴상망측한 모습이었다. 사람들은 나를 보고 연방 웃어댔다. 기차가 도착할 때마다 구경꾼이 더욱 늘어났다. 그들의 흥겨워하는 모습이 나에게도 가관이었다. 물론 그들은 그때까지 내가 누구라는 것을 몰랐다. 내가 누구라는 것을 알게 되자, 그들은 한층 더 웃어댔다. 나는 거의 반 시간 동안이나 회색빛 빗줄기 속에서 비웃고 있는 군중들에 둘러싸여 있었다. 이런 일을 당하고 난 후 거의 일 년 동안 나는 매일 비슷한 시각에 그와 비슷한 시간 동안 울며 지내야만 했다.

감옥에서도 울지 않는 날이란 마음이 즐거운 날이 아니라 마음이 완전히 굳어버린 날인 것이다.

아버지가 유명한 의사이고 어머니가 작가였던 집안에서 자랐으니 그런 고생은 처음이었을 거야. 하지만 전기 모터처럼 머리가 돌아가는 이런 천재들은 가끔씩 이렇게 멈추어 설 필요가 있는 것 같다는 생각이 들었던 건 너무한 일인가? 일단

(대개는 강제로) 멈추어 서면 그들은 앞으로 나가기만 하던 추진력을 하는 수 없이 밑으로 향하게 되어, 거기서 보통 사람은 도달할 수 없는 깊은 우물을 길어내게 되지. 생에 대한 그야말로 깊은 통찰력을 우리에게 제공해주니까 말이야.

그는 자신의 인생을 바꿔놓은 두 가지 사건으로 옥스퍼드 입학과 감옥 체험을 들고 있다. 엄마 역시 예전에 감옥에 갇히고 나서야 내가 얼마나 문학을 하고 싶어 했는지를 알게 되었으니, 세상은 참 이상하지. 엄마도 가끔 그런 생각을 해. 그때 감옥에서 처음으로 그토록 혹독하게 나 자신과 대면하지 않았다면 나는 어떻게 되었을까 하고 말이야. 추위 속에 혼자 감옥에 덩그마니 앉아서 내게 허용되던 유일한 먹을거리인 싸구려 빵과 우유를 하루 종일 먹고 있었는데도 보름 남짓 그곳에 있다가 나와보니까 살이 7킬로그램이나 빠져 있었어. 그때는 모진 고문이 암암리에 행해지고 있었던 때, 더구나 젊은 여성들에게는 수사관들이 성고문도 하던 시기였지. 성고문이라는 것을 아니? 젊은 여성들을 수사관이 성폭행하면서 그 수치심을 이용해 다른 사람이 있는 곳을 말하라고 고문을 하는 것. 넌 또 '우리나라 그렇게 후진 나라였어?' 하고 물을까? 그랬단다, 그래…….

그렇게 엄마가 감옥에서 나와 보니 엄마의 친구들이 눈물을 그렁거리면서 자꾸만 실토하라고 하는 거야. '솔직히 말해봐! 우리가 도와줄게, 이 일은 폭로해서 저항해야 해! 말해! 너 성고문 받았지?' 하고 말이야. 아무리 아니라고 해도, 그게 엄마가 순결 콤플렉스를 심하게 가진 사람이라서 그런 거라고 한동안 의심의 눈초리를 거두지 않는 거야. 하는 수 없이, 얼른 빠져나가버린 7킬로그램을 다시 찌워 통통해지니까 그때서야 사람들은 내게 그런 질문을 하지 않더라. 참 나, 가만 놔뒀으면 어떻게든 그 몸무게를 유지해볼 수도 있었을 텐데 말이야. 그 살빠짐은 어쨌든 내가 감옥에서 얻은 두 번째로 소중한 것인데.

그래, 그때 엄마 나이 스물넷, 만일 자신과 마주하지 않았다면, 그토록 강제로라도 침묵 속에서 벽을 바라보며 나는 누구이고, 무엇을 하고 싶은가, 내 마음속을 뒤져보지 않았다면 아마 엄마는 아주 먼 길을 돌아가지 않았을까. 그때 거기 끌려간 것이 그토록 불운이라고 생각했는데 말이야. 엄마는 기필코 노동운동을 하는 혁명가가 되고 싶었는데 말이야. 그게 꼭 나하고 어울릴지는 생각해보지 않은 채로, '그래야만 한다'라는 당위에 내 삶을 통째로 맡기려고 했던 것이지. 남들도 다 그게 옳다고 했으니까 말이야. 그러니 삶에 대해서는 누구나 겸손해야 하는 것 같아. 삶은 엄마보다 멀리 보았고 엄마보다 엄마를 잘 알았는지도 몰라. 그 삶을, 우주, 신, 혹은 어떤 인생이라고 바꾸어도 대답은 같아. 엄마 역시 그래왔던 것 같아. 거기서 삶은 나를 멈추게 했고 고통스럽게 했고, 하는 수 없이 나 자신에게 어려운 질문을 던지게 했고 그리고 끝내는 인생의 궤도를 바꾸어버렸어. 그런데 그 역설은 크게 나쁘지 않았다는 생각이 자꾸 든단다.

엄마 친구가 그러더라. 인생의 길을 올바로 가고 있는지 알아보는 방법이 있는데 그건 이 세 가지를 질문하면 된다는 거야. 네가 원하는 길인가? 남들도 그게 너의 길이라고 하나? 마지막으로 운명도 그것이 당신의 길이라고 하는가?

글쎄, 엄마의 경우 작가의 길이 내 길인 것은 같아. 그러나 나 자신이 이걸 원했나, 하는 대답은 최근에야 얻게 되었지. 생각해보면 이 세 가지 질문에 대해 똑떨어지게 '응'이라는 대답을 할 수 있는 사람이 누가 있겠니? 다만 질문을 품고 있을 뿐이지, 휴지통에 버리지 말고 품고 있어야 한다는 것 말이야.

삶은 우리보다 많은 걸 알고 있는 거 같아. 내가 아니라 말이야. 그러니 네 꿈조차도 규정 속에 집어넣고 못질해버려서는 안 되는 거야. 네가 선생님이 되고 싶다고 꿈을 꾸는 것과 그것 외에는 어떤 가능성도 차단하는 것과는 다른 거야. 네가 변호사가 되고 싶다는 꿈을 가지는 것과 네가 그 외에는 어떤 것도 삶이 아니라고 생각하는 것과는 다른 거지. 꿈이 네 속에 있어야지 네가 그 꿈속으로 빠져버려서는 안 된다는 것, 오스카 와일드도 그걸 통찰해내고 있어.

삶이라는 것을 방법과 수단의 조심스런 타산을 통해 일종의 반사작용이 민감한 하나의 도박이라고 생각하는 기계적인 사람들은, 항상 그가 가고 있는 곳을 알며, 아마도 거기에 닿게 될 것이다. 국회의원이 되든가, 번창하는 식료품 상인이나 유명한 변호사·판사 혹은 이와 비슷한 종류의 사람이 될 것이다. 아마 그들은 어느 교구의 하급 관리가 되려는 이상적인 소망을 품고 출발하여 어떤 곳에서든지 그들은 그러한 하급 관리가 될 것이다. 그러나 그 이상의 성공은 없을 것이다. 이들은 꼼짝하지도 못하고 바로 그들이 되고자 한 사람이 된 것이다.

위녕, 엄마는 네가 무엇이 될까라는 생각보다, 어떤 사람이 되어 어떤 생을 살 것인가를 먼저 생각하는 그런 젊은 날을 가지기를 바란다. 답은 그 과정 속에 있는 것이거든. 안소니 드 멜로 신부님도 진정한 삶은 도박꾼의 몫이라고 약간 과격하게 말씀하셨지.

그런데 동성애를 즐기고 소위 '온갖 못된 짓을 하며' 반항하고 조소하는 이 말썽꾸러기는 '슬픔에 잠긴 자는 신을 찾는다'는 단테의 말처럼 예수라는 사람을 탐구해간다. 그리고 어떤 현자도 주지 못한 통찰들을 쏟아놓는다. 엄마가 오스카 와일드를 만난 것도 바로 이 지점에서였어. 엄마가 존경하는 신부님들의 글에는 예외 없이 동성애자이며 희대의 망나니인 이 사람의 글이 인용되어 있었기 때문이었지.

그리스도에게는 법칙이 있는 것이 아니라 그저 예외만이 있을 뿐이다. 그는 시적인 천성을 지닌 모든 사람들처럼 무지한 자를 사랑했다. 그는 무지한 자의 영혼에는 언제나 위대한 사상을 담은 여백이 있다는 것을 알고 있었던 것이다. 냉정한 박애주의, 허울 좋은 자선사업, 중류계급의 인간들이 간직하고 있는 지독한 형식주의. 그는 그러한 것들을 혹독하고 냉정한 모멸감을 가지고 폭로해버렸다. 그는 결코 인간을 개조하려 들지 않았다. 재미있는 도둑을 답답하고 정직한 사람으로 만들려는 것이 그의 목적이 아니었다. 그에겐 세리를 바리새인으로 개조하는 것도 별로 위대한 업적으로 보이지 않았을 것이다. 그것은 참으로 위험한 사상으로 보인다. 그러나 위대한 사상이란 모두 다 위험한 것이 아닐까?

물론 마치 새벽 전에도 가짜 새벽이 있고, 또 어리석은 새들이 동료들을 불러댈 만큼 그렇게 따스한 햇볕이 내리쬐는 겨울날도 있는 것처럼, 그리스도교 이전에도 그리스도교인들은 있었다.

그는 인간에게 무엇을 가르친 것이 아니라 그의 모습을 통해서 인간이 무엇인가가 되게 만든 것이었다. 사람은 누구나 그리스도의 면전에 서야 할 운명에 있다. 누구든지 그의 생애에 있어서 적어도 한 번쯤은 그리스도와 함께 엠마오로 걸어가게 된다.

엠마오로 가는 길이란, 예수가 죽은 후 그의 제자 둘이서 엠마오로 가는 길에 어떤 훌륭한 사람을 만나 이야기를 나누는 그 길을 말하는 거야. 근데 그 어떤 사람이 바로 자신들이 죽었다고 슬퍼하고 있는 예수였어. 그들은 예수의 죽음으로 몹시 실망하고 있어서 부활한 예수가 함께 걷고 있었다는 사실을 몰랐던 거지. 왜냐하면 그들에게는 그 스승이 죽어서 부활한다는 사실보다 어쩌면 그 스승의 죽음으로 인해 상심하고 있는 자신들의 마음이 더 중요했을지도 모르니까, 그게 사람들의 눈을 어둡게 해서 그들이 그토록 고대하던 그 사람이 자신과 함께 있다는 사실도 알아차리지 못하는 거지. 아마 오스카 와일드도 역시 슬픔에 잠겨 있다가 깨달았을 거야. 이 슬픔에 잠겨 있는 길이 어쩌면 엠마오의 길이라는 걸. 그의 회개는 진실했던 것 같아.

재미있는 도둑을 답답하고 정직한 사람으로 만들지 않을 거라고 단언하는 대목에서는 엄마는 따라 웃었단다. 실은 엄마도 예수가 그렇다고 생각하거든. 오스카 와일드가 요즘의 작가였으면 이야기가 엄청 잘 통하고 재미있는 사람이었을 것 같아. 물론 아주 친한 친구는 되지 않았겠지만(음, 그건 여러 가지 이유에서 좀……) 그래도 엄마는 이런 사람들을 좋아해. 대책 없이 정직해서 남을 민망하게까지 하는 사람들 말이야. 귀엽잖아.

그래서 그는 그렇게 자신을 발견함으로써 종교적인 생활을 하려 하지만, 그가 출옥했을 때 그를 받아주는 성직자가 아무도 없어서 결국 어린아이처럼 엉엉 울며 조국을 떠났다고 한단다.

엄마가 사진으로 본 오스카 와일드는 키가 아주 크고 서양인치고 얼굴이 좀 넓적하더라. 눈이 크고 맑으며 머리는 목까지 치렁거려. 그는 옷깃에 늘 해바라기를 꽂고 다니면서 이목을 끌었다고 하던데 그 큰 남자가 어린아이처럼 엉엉 울며 조국을 떠났다니, 예수님이 그때 정말 딱하게 여긴 것은 오스카 와일드였을까 아니면 그를 받아주지 않는 영국 교회였을까? 그는 파리로 가서 다시 방탕과 절망 속에 살다가 죽고 만다. 그의 말대로 '교회가 타락을 비난하는 것은 그들이 생을 조금도 모르기 때문에 발명해낸 것'인지도 모른다는 생각이 안 드는 것도 아니야.

위녕, 예전에 엄마의 친구가 술을 마시다가 말했단다. 죽어 심판을 받더라도 예술가의 방은 분명 따로 있을 거라고, 도덕만 지키고서는 도저히 나올 수 없는 작품을 생산하기 위해 그들이 저질렀던 소위 '부도덕'을 면제해주는 특별법이 있을 거라고. 그때 우리는 한참을 웃었는데 엄마는 『옥중기』를 읽으며 이 말을 마음속에서 꺼내보았단다.

아마도 지금 살았으면 그저 평범한 예술가였을 그가, 아니 평범한 게 아니라 독설과 위트로 인터넷의 스타가 되었을지도 모르는 그가, 동성애자라는 이유만으로 지독하게 위선적인 빅토리아 시대를 살아가면서 고통받은 것을 생각하면 가슴이 아프단다. 그러나 어쩌겠니? 이래저래 예술이란 고통스러운 것, 그걸 업으로 삼는 엄마는 수영은 내일부터 하고 오늘은 예술가 특별법이 있다고 주장하는 그 친구를 만나 술잔을 기울일까 해. 오스카 와일드가 그렇게 불쌍하게 죽었는데 엄마 혼자 수영하는 건 너무 이기적인 일인 것 같아. 그래도 너는 집에서 조신하게 공부를 할 거지? '친엄마 맞아?'라는 이야기는 나중에 하기로 하자. 늦은 밤까지 네가 깨어 있지 않다면 내일 아침에 거실에서 만나자.

위녕, 오늘도 좋은 하루!

희망은
파도처럼 부서지고
새들처럼 죽어가며
여자처럼 떠난다

창밖의 햇살이 아무리 화사해도,
엄마의 마음은 페루 리마의 바닷가를 헤맨다.
바보 같은 희망을 품고 있는
손댈 길 없이 바보스러운 마음을 엄마는 알지.

위녕, 긴 겨울이 가고 있다. 창밖으로는 온통 회색뿐이야. 될 수 있는 대로 사람을 만나지 않고 쓸쓸함 속에 잠기고 싶어 하는 엄마를 이해해주어 고맙다. 가끔은 아무도 없는 곳으로 도망치고 싶고, 가끔은 적막한 숲 속으로 들어가고 싶어. 그러나 삶은 내게 그런 일들을 허락지 않았단다. 엄마는 그럴 때 가끔 꿈을 꾸는데, 인터넷으로 피지섬을 찾아보는 거야. 그리고 그 열대의 바닷가에 작은 집을 짓는다.

일층은 맛있는 에스프레소 커피와 빵을 파는 곳, 그리고 이층은 레스토랑과 술집을 겸한 카페, 그리고 삼층은 엄마의 집필실 겸 거처. 너희들을 모두 성장시키면 그런 곳으로 이민을 가서 삼층집을 짓고 싶었어. 아침에는 일층에 내려와 커피와 크루아상을 먹고 바닷가를 산책하고 시장에 들러 싱싱한 해물을 사고 저녁에는 맛있는 해물 요리에 향 깊은 포도주를 먹고 그리고 올라가서 자는 거지. 창마다 남색의 바다가 가득한 것은 물론이고 말이야. 아침에는 피아노 곡이 울리게 하고 해 질 녘에는 트럼펫을 듣고 깊은 밤에는 원주민 남자가 직접 부는 색소폰을 듣고…….

그런데 이런 공상의 특징은 불행하게도 5분 후에는 지우개로 이 모든 것을 꼭꼭 지워야 하는 사태를 벌어지게 한다는 거야. 그건 이런 생각들 때문이지. 너희들과 내가 사는 이 집 청소하기도 귀찮아죽겠는데 대체 그 카페와 레스토랑과 커피숍의 청소는 다 어떻게 한단 말일까. 설사 남들을 다 시킨다 해도 청소부들이 속을 썩이면 어떻게 하나, 생각보다 장사가 안 되어서 나 혼자 그 커피와 크루아상과 해물을 다 먹어야 한다면, 나중에 그 집을 처분하고 싶은데 팔리지 않는다면, 색소폰 주자가 웨이트리스와 눈이 맞아 달아나는 바람에 엄마가 술을 나르고 손님들은 항의를 한다면, 서울 뒷골목의 곱창구이와 쫄면이 먹고 싶으면 그때는? 그런 생각 때문에 공상은 5분으로 족하고 바로 귀찮아지는 거야. 그러면 생각하는 거지. 집에서 그냥 커피를 마시고 와인은 가끔 백화점에서 사다 마시고 그리고 잠은 그냥 자던 곳에서 자자고 말이야. 그러면 갑자기 엄마의 이 생활이 얼마나 행복한지. 피지의 아름다운 해변에 가서 죽도록 고생하고 집으로 돌아온 사람 같아지는 거야.

이거 아마 엄마가 예전에 읽었던 단편 「새들은 페루에 가서 죽다」라는 소설이 준 영향이 아닐까 싶어. 이 소설의 주인공이 파리를 떠나 홀로 쓸쓸하게 페루의 리마 바닷가에서 카페를 하면서 사니까 말이야.

위녕, 프랑스의 단편소설들은 언제나처럼 매혹적이다. 어릴 때 읽던 모파상이나 카뮈 같은 이들도 삶의 아이러니컬한 단편을 케이크처럼 잘 잘라 우리 앞에 내어주는 것만 같으니까. 군더더기 없는 전채요리처럼 앙증맞고 슬프지. 파트릭 모디아노의 『어두운 상점들의 거리』 첫 구절, "나는 아무것도 아니다. 그날 저녁 어느 카페의 테라스에서 나는 환한 실루엣에 지나지 않았다"라는 문장은 얼마나 오래도록 나를 서성거리게 만들었는지. 언젠가 카뮈의 『이방인』을 읽고 네가 하루 종일 충격에 사로잡혀 있었던 것도 엄마는 사실 흐뭇한 눈으로 바라보았단다. 프랑스 소설들에는 (글쎄 아주 현대의 것들은 아직 다는 읽어보지 못했고 그 향기가 좀 사라진 것 같다마는) 우리를 그렇게 만드는 낯선 힘 같은 것들이 분명히 있어.

로맹가리의 책은 그런 아스라함을 가져다주는 소설이다.

로맹가리는 알다시피 1914년생, 살아 있다면 네 할아버지보다도 나이가 많았겠지. 선진국 프랑스에서 태어난 덕으로 1914년생이 우리에게 모던함의 표본이 되는 걸 보면 작가가 어떤 나라에서 태어나는가 하는 것도 참 중요하다 싶어. 그는 엄마가 아주 어린아이였을 때 에밀 아자르라는 이름으로 『자기 앞의 생』이라는 어른을 위한 동화를 써서 두 번째 공쿠르상을 수상했다. 그 모모가 나오는 이야기 말이야.

원래 공쿠르상은 작품에 주는 것이 아니라 작가에게 주는 것이기 때문에 한 사람이 두 번을 받을 수는 없는데 그는 먼 친척 조카를 내세워 그의 이름으로 다른 작품을 발표했어. 그가 작품을 발표하면 언제나 혹독한 비판을 늘어놓던 평론가 하나는 그가 에밀 아자르라는 이름으로 발표한 소설을 극찬해서 훗날 망신을 당하기도 했지.

꼭 그가 아니더라도 가끔 엄마조차도 이름을 숨기고 새로운 신인 문학상에 응모하고 싶을 때가 있었지. 그것은 상금에의 유혹도 아니고 상에 대한 동경도 아니야. 엄마의 이름만 나오면 경기부터 일으키는 평론가를 망신시키고 싶다는 헛된 영웅심에서도 아니야. 그냥, 가끔은 그렇게 나와 무관하게 혹은 꼭 필연적으로 따라다니는 모든 편견과 군더더기를, 아니

어떤 때는 본질까지도 다 버리고 싶은 때가 있다는 거야. 요즘 들어서는 이제 그런 생각마저도 하지 않는다. 그냥 이 모든 편견과 군더더기도 엄마 삶이라고 생각하게 됐다고 할까. 아니 그렇게 생각하게 되었다기보다는 그냥 내가 나로 살아가는 그것 외에는 아무 방법도 없다는 걸 이제야 깨달았다고나 할까 말이야.

그래, 삶……. 프랑스에서 태어나 페루로 간 남자가 이 소설의 주인공이다. 그는 체 게바라를 사랑하고 이상에 헌신했던 젊은 날을 가진 사람으로 추정된다. 그리고 나이는 마흔일곱이래. 신기하게도 다시 이 책을 펼쳐 든 딱 엄마 나이야.

스페인에서 투쟁하고 항독 지하운동에 참가하고 쿠바에서 싸우고 난 뒤에 이렇게 페루의 안데스 산 밑, 모든 것이 끝나는 바닷가에 와서 숨어 살게 된다. 왜냐하면 나이가 마흔일곱쯤 되고 보면, 그래도 배울 만한 자신의 교훈은 체득한 셈이고 위대한 목적에도 아름다운 여자에도 이제 아무런 기대도 하지 않게 되는 것이니까. 다만 아름다운 풍경으로 마음의 위안을 찾게 된다. 풍경이란 거의 배반하는 일이 없다.

그는 면도를 하면서 여느 아침이나 마찬가지로 깜짝 놀라면서 거울 속에 비친 자기의 얼굴을 바라보았다. '내가 바랐던 것은 이게 아닌데?' 하고 우스꽝스러운 목소리로 혼잣말을 했다. 이 모든 흰머리며 주름살을 보면 일이 년 후쯤에는 어떤 꼴이 될지는 뻔한 노릇이었다. 이쯤 되고 보면 이제 남은 길이라고는 점잖은 스타일 쪽으로 몸을 숨기는 것뿐이다. 그는 이제 아무에게도 편지를 쓰지 않았고 편지를 받는 일도 없었고 아는 사람도 없었다. 자기 자신과 헛되이 절교하려는 사람이 다 그러하듯 그는 다른 사람들과 인연을 끊어버렸다.

자기 자신과 헛되이 절교하려고 날마다 결심하는 엄마는 그렇게 피지 섬의 카페를 꿈꾸며 이 책을 펼쳐 들었다. 그런데 피지 섬과는 달리 로맹가리가 바라보는 해변의 그 아름다운 풍경에는 죽은 새떼가 가득하다. 왜 새들이 거기에 와서 죽는지는 아무도 모르는 일. 그 속으로 스물두엇쯤 된 여자가 걸어 들어오지. 마흔일곱의 남자에게 자살을 시도하려는 스물두엇의 여자가 겹쳐지는데, 그것이 잠시 남자의 고독한 풍경을 흐트러뜨린다. 여자는 '지극히 섬세하고 매우 창백한 얼굴, 매우 심각하고 매우 큰 두 눈, 거기에 흩어져 있는 잘 어울리는 물방울들'이라고 그가 묘사하는 용모를 가지고 있었다. 엄마는 젊었을 때 이 구절을 읽으면서 그 여자의 아름다움을 그려보며 가슴이 설레곤 했었는데, 이제 이 책을 다시 읽으니 그녀의 용모가 그려지는 대신 로맹가리가 요즘 이 소설을 발표했다면 그의 책의 리뷰에 달릴 다음과 같은 글이 떠오르는 거야.

"나는 감히 로맹가리 씨에게 묻고 싶다. 만일 그 여자가 지극히 대담하게 제멋대로인 이목구비에 매우 거무튀튀한 안색, 매우 익살스럽게 찢어진 작은 두 눈을 가지고 있는 늙은 여자였다 하더라도 우리가 그녀의 자살과 절망에 연민을 보낼 수 있었다고 생각하는지, 나는 로맹가리의 이 부르주아적 근성에 구역질이 난다."

그러면 그 글을 읽고 구시렁거리는 로맹가리도 떠오르는 거야.

"그걸 당신이 알아서 뭐하게? 정 궁금하면 그런 여자를 내세워 한번 쓰면 되잖아." 운운.

험험! 그래, 다시 책 이야기로 돌아가보자.

그 여자는 그에게로 두 눈을 들고 마지막 남은 눈물 때문에 더욱 밝아진 저 애원하는 듯한 눈길로 어린애 같은 목소리를 울리며 말했다.

"허락하신다면 여기 있고 싶어요."

그렇지만 그는 이미 습관이 되어 있었다. 이것은 아홉 번째의 고독의 물결이었다. 가장 힘찬 물결, 매우 먼 곳에서, 난바다에서 오고, 우리들을 뒤덮으며 깊숙이 집어 던지고, 문득 우리들을 손 놓아버리고, 두 손을 쳐들고 팔을 벌린 채 수면으로 다시 솟아오를 수 있는, 지나가는 지푸라기라도 붙잡고 싶은 심정으로 허덕일 시간을 간신히 남겨주는 그런 물결이었다. 그 누구도 정복한 일이 없는 유일한 유혹, 즉 희망의 유혹이었다. 그는 자신의 내부에 그토록 기막히게 버티고 있는 고집에 질린 채 어깨를 으쓱했다.

"머물러 계십시오."

그는 손으로 여자의 손을 잡았다.

그의 속에는 그 무엇인가 포기하기를 거부하는 것이, 희망이라는 모든 낚싯밥을 끊임없이 무는 것이 들어 있었기 때문이며, 삶의 심연 속에 숨어 있다가 황혼의 시간에게조차도

문득 찾아와서 모든 것에 빛을 던져줄 수 있는 행복의 가능성을 그는 남몰래 믿고 있으며 어떤 손댈 길 없는 바보스러움이 그의 내부에 잠겨 있었던 까닭이다.

그러나 언제나처럼 희망은 파도처럼 부서지고 새처럼 죽어가며 여자처럼 떠난다. 그 끝에서 그는 허무의 심연 속으로 바스라져가지. 가슴이 먹먹해져서 잠시 책을 껴안고 있다가 책갈피를 다시 한 번 넘겨보았단다. 모든 것이 환영 같았어. 엄마의 머릿속으로도 오래전에 부서졌던 파도와 오래전에 죽어갔던 새들과 오래전에 떠나갔던 사람들이 다시 부서지고 다시 죽어가고 다시 떠나가고 있었단다.

위녕, 엄마처럼 직업은 글 쓰는 일이요, 취미는 글 읽는 일, 수영은 아직도 시작하지 못하고 다른 별다른 취미도 없는 사람은 어떤 설렁설렁한 오후, 서재를 서성거리며 책장에 끼인 먼지를 닦아내다가 옛적에 나를 오래 서성거리게 만들었던 책을 꺼내 들고 그 자리에 퍼질러 앉아 읽는다. 멀리 이웃집의 열린 창으로 누군가 연습하는 트럼펫 소리가 들려왔단다. 창밖의 햇살이 아무리 화사해도, 엄마의 마음은 페루 리마의 바닷가를 헤맨다. 바보 같은 희망을 품고 있는 손댈 길 없이 바보스러운 마음을 엄마는 알지. 피지 섬으로 떠나고 싶어서 카페가 있고 레스토랑이 있는 건물을 지었다 부쉈다 하는 마음도 알지. 그러니 이런 오후에는 이 세상 사람을 바보스러운 마음을 아는 부류와 모르는 부류 이렇게 둘로 나누어서 우리 바보스러운 부류들이 그걸 모른다고 하는 부류를 실컷 때려주면 어떨까 싶기도 해.

위녕, 온몸의 힘이 짧은 글 한 편으로 빠져나가는 듯한 오후, 엄마는 포도주를 따고 천천히 그것을 마신다. 아마 모든 수영장은 음주 수영을 금하고 있을 거야. 규칙은 지켜야지.

너 자신에게
상처 입힐 수 있는
사람은
오직 너 자신뿐이다

"인간은 자유를 원할 때에만 자유로워진다.
다른 사람은 우리가 자신을 해치고 상처낼 때에만
우리에게 상처 입힐 수 있다."

위녕, 좋은 날씨가 계속된다. 하루 종일 공부해야 하는 너는 어쩌면 이런 날씨가 잔인하게 느껴지기도 하겠다. 하늘은 푸르고 날씨는 덥지도 춥지도 않고 꽃들은 화사하고……. 오늘도 가끔 창밖을 보고 있니? 그래 가끔 눈을 들어 창밖을 보고 이 날씨를 만끽해라. 왜냐하면 오늘이 너에게 주어진 전부의 시간이니까. 오늘만이 네 것이다. 어제에 관해 너는 모든 것을 알았다 해도 하나도 고칠 수도 되돌릴 수도 없으니 그것은 이미 너의 것은 아니고, 내일 또한 너는 그것에 대해 아는 것이 아무것도 없단다. 그러니 오늘 지금 이 순간만이 네가 사는 삶의 전부, 그러니 온몸으로 그것을 살아라.

너는 어제 어처구니없이 당한 오해와 공격에 대해 엄마에게 오래도록 이야기했었다. 그래, 생각 같아서는 너에게 그런 짓을 한 사람에게 쫓아가서 두 팔을 걷어붙이고 항의하고 싶었단다. 하지만 일단 엄마는 여기서 한 박자 쉬기로 했어. 대신 네게 이런 편지를 쓰고 싶었단다. 그 순간, 네가 하지도 않은 일로 그가 너를 오해하고 사람들 앞에서 너를 망신당하게 했을 때, 그때 네 마음이 피 흘리며 아팠을 때, '정말, 정말, 너를 상처 입힌 것은 과연 누구였을까?' 하는 편지 말이야.

너 역시 책을 좋아하는 사람이지만, 엄마도 책을 아주 좋아하는 사람이란다. 책을 읽는 이유는 인생의 다른 많은 것들이 그렇듯 한 가지 이유로만 이루어진 것은 아니지. 그런데 말이야 가끔 엄마는 좋은 책의 어떤 구절에서 인생이 방향을 바꾸는 소리를 듣곤 한단다. 바로 이 구절도 그랬지. 약한 전기에 감전된 것처럼 마음이 찡했던 거야.

너 자신을 아프게 할 수 있는 사람은 오직 너 자신뿐이다.

이 말은 엄마가 안셀름 그륀이라는 신부님의 책 『너 자신을 아프게 하지 말라』에서 읽은 구절이었어. 그 신부님은 성폭력의 상처를 가진 여성들을 치료하고 있었는데 어떤 위로도 이 여성들을 다 위로하고 치유할 수 없지. 어린 시절의 성폭력은 그 여자들이 자신을 아프게 하기 위해 초래한 일은 아니었으니까. 역사에 희생당한 사람들, 테러에 희생당해 불행을 겪는 사람들, 모두가 자기 자신을 아프게 하기 위해 그런 것은 아니었지. 그런데 말이야. 성폭력이나, 광기의 역사나, 테러에 희생당하는 것이 인간으로서 도저히 어쩔 수 없다 해도, 그 와중에 그것은 그저 어쩔 수 없는 운명이었다고 하거나 나는 오직 희생양이라고 말하기 전에 조금은, 우리가 무언가 할 수도 있다는 이야기이기도 해. 그륀 신부는 이 여성들과의 면담을 통해 이상한 사실을 발견한다.

고통당하는 사람은 자신의 고통을 자신과 동일시하기 때문에 고통과 작별하는 것을 두려워한다. 왜냐하면 고통은 그가 알고 있는 것이지만, 그 고통을 놓아버린 후에 그를 기다리고 있는 것은 그가 모르는 것이기 때문이다.

위녕, 너는 이 이상하고 모순되어 보이는 사실을 잘 알고 있니? 이 무서운 진리를 말이야. 이해할 수 없는 것 같지만 실제로 주변에서는 이런 일들이 일어난단다. 가끔 엄마는 생각해. 진짜 고통받는 사람들의 이야기를 듣고 어떻게든 그 고통에서 그들이 헤어나올 방법을 함께 모색해주다가 문득, 이런 생각을 하곤 했단다. 그런데 이들은 정말 여기서 이 고통에서 벗어나고 싶기나 한 걸까? 하고 말이야. 가끔 그건 엄마에게도 마찬가지였어. 고통을 벗어나기 위해서는 대개는 그 고통이 가해지는 틀을 깨버려야 할 때가 많으니까. 그건 미지(未知)이고 그것은 고통보다 더 두려운 거지.

그리고 다시 이상한 점을 발견하게 된 거야. 그것은 비단 성폭력을 당한 여성들뿐 아니라 어쩌면 우리 모두가 이상한 점을 가지고 있다는 것을 발견하게 되지. 그는 그것을 이렇게 써놓았단다.

우리 모두는 늘 우리를 비난하는 사람들을 배심원석에 앉혀놓고, 피고석에 앉아 우리의 행위를 변명하고자 하는 강박에 사로잡혀 있다.

이해할 수 있겠니? 우리를 변호하는 사람들이 아니라 우리를 늘 비난하는 사람들을 배심원 자리에 앉힌 것은 누구였을까? 피고석에 우리 자신을 앉힌 것은 누구였을까? 엄마가 많이 힘들던 어느 날, 사람들이 내게 원하는 것과 엄마가 나 자신에게 원하는 것이 다르다고 느끼는 날 엄마는 이 구절을 읽었고, 책이 아니라 가슴에 붉은 밑줄이 손톱자국처럼 북북 그어지는 것 같았고 그리고 엄마의 녹슬어가던 인생은 끼이익 하고 각도를 트는 소리를 냈다. 엄마는 오래도록 불행한 결혼을 끝내고 싶었지만 두려워서 그러지 못하고 있었어. 왜냐하면 아직 하지도 않은 이혼을 두고 아직 입 밖으로 나오지 않은 그 비난들이 엄마의 귀에 들려오는 듯했기 때문이지. 그런데 이 구절을 읽자, 나는 왜 피고석에 앉아 있으며, 나는 대체 누구를 배심원석에 앉히고 있었나 싶었던 거야. 분명나 자신은 내가 피고석에 앉을 만큼 잘못이 없다는 걸 알고 있었고, 엄마를 사랑하는 사람들은 엄마를 비난하지 않았고 그럴 리도 없을 텐데, 엄마는 스스로 피고석에 앉아 내 결혼생활의 판결을 엉뚱한 이들에게 맡기려고 하고 있었던 거지. 그토록 중요한 내 인생의 판결을 나를 사랑하지 않은 사람들의 손에 맡기려고 하다니……. 그날은 마침 오랜만에 외출을하는 날이었는데 엄마는 별로 친하지도 않은 지인들과 술을마신 후, 이렇게 말했다고 하더라.

"나는 이제 피고석을 떠나겠어! 오늘부터 내 배심원들 다 해고야……."

있잖아 위녕, 어떻게 그런 말을 술 마시고 반복했는지 모르지만 태어나서 술 마시고 얼결에 한 말 중에 제일 나은 것 같아. 그 순간 엄마의 마음속으로 이루 말할 수 없는 해방감이 찾아왔단다. 해방감은 공포를 수반했지만, 적어도 나를 비난하기만 하는 사람들 앞에서 나를 변명하고 있는 짓이 어리석은 짓이라는 것만은 확실했고, 엄마는 그 어리석음이라는 확실함을 붙들고 일단 확실한 그것을 발길로 뻥 차버림으로써 거기서 한 발짝 벗어나기 시작했단다. 아직도 그 순간의 감격을 기억해.

그런 신부님의 이 말은 동방의 성자 요한 크리소스토모의 사상에 기대고 있지, 요한 크리소스토모는 344년경에 태어난 사람이었어. 그때나 지금이나 성자들이 대개 그렇듯 그는 모함과 오해에 시달린다. 사람들이 그를 골탕 먹일 방법을 의논했지. 그러나 방법을 찾을 수가 없었어. 만일 그를 주교 자리에 앉힌다면 그는 그 일을 감사하게 생각하며 너무 훌륭한 주교가 될 것이고, 만일 그를 유배 보낸다면, 그는 이것이 그리스도의 고난을 닮게 하는 좋은 기회라고 생각하고 굳세어질 것이며, 그를 죽인다면 그는 하느님을 위해 순교한다는 기쁨에 사로잡힐 것이라는 게 뻔했다는 거지. 그 무엇도 그를 삶의 기쁨에서 내몰 수 없었다는 것이야. 소크라테스가 말했던가. '그들은 나를 죽일 수는 있으나 해칠 수는 없다'고.

하는 수 없이 요한 크리소스토모는 주교로 임명되는구나. 344년이면 기원후 겨우 4세기인데, 그러니까 지금으로부터 1600년 전인데, 우리나라에 아직 삼국시대도 오지 않았던 그 때에 말이야, 그때도 돈과 성공만 아는 젊은이들이 넘친 모양인지(그때도! 와우!), 이 성자는 지금 들어도 이미 진부한 말을 하는구나.

당신이 당신을 재는 다른 사람들의 시선에 자유로울 수 없는 이유는 그 잣대를 받아들였기 때문이다. 도대체 무엇이 인간의 힘인가? 당신이 틀림없이 가난을 두려워하는 것 같아도 돈이 힘은 아니다. 당신의 노예 생활을 모면케 해주는 자유도 힘은 아니다. 인간의 힘은 참된 표상과 함께 갖게 되는 주의 깊음과 생활 방식과 관련된 올바름이다.

그래, 여기서 드디어 표상이라는 말이 나오는구나. 참된 표상과 함께 갖게 되는 주의 깊음과 생활 방식과 관련된 올바름. 엄마는 이 구절에서 한참을 멈추었단다.

그뤤 신부님이 요한 크리소스토모를 인용한다면 요한 크리소스토모는 자기보다 200년쯤 먼저 살았던 에픽테토스라는 사람의 말을 인용하여 다시 말한다.

사람들은 사건 때문에 혼란에 빠지는 것이 아니라 스스로 만든 사건에 대한 표상 때문에 혼란에 빠진다. 죽음이 끔찍한 것이 아니라 죽음에 대해 우리가 가지고 있는 표상이 끔찍한 것이고 깨어진 꽃병 자체가 끔찍한 것이 아니라 우리가 자신과 꽃병을 동일시하여 꽃병이 깨어져서는 안 된다고 생각하고 온 마음으로 꽃병에 집착하는 것이 상처를 입히는 것이다. 돈을 잃어버렸다는 사실 자체가 우리에게 상처를 입히는 것이 아니라, 돈은 꼭 필요하며 돈 없이는 살 수 없다는 생각이 상처를 입힌다.

글쎄, 그렇다고 이 위대한 사람들처럼, 엄마가 죽음도, 깨어진 꽃병도, 잃어버린 돈도, 나를 상처 입힐 수 없다고 큰소리치며 말할 날이 올까마는, 한 줄기 아주 가느다랗게 희망 같은 것이 엄마를 비추었단다. 내용이 어떻든 사귀던 사람과 헤어지는 것이 불행이라고 느끼는 것, 어찌 되었든 결혼을 이어나가는 것이 행복에 대한 표상이고 이혼은 어쨌든 불행한 일일 것이라고 단정하는 것, 부자는 행복할 것이다, 라고 생각하는 표상들, 예쁘고 날씬하면 어쨌든 행복할 거라는 그런 표상들……. 표상은, 잘못된 표상들은 이제껏 내가 이름을 아는 사물과 사건만큼 많을지도 모른다는 생각이 들었다.

엄마의 고3 시절을 생각해봤어. 엄마는 그때 난생처음으로 힘든 시기를 맞았단다. 외할아버지가 빚보증을 잘못 서셔서 하나밖에 없는 집이 차압을 당하고 우리는 그야말로 거리에 나앉게(말하자면 말이다) 되었던 거지. 엄마의 마음을 다 줄 수 있었던 친한 친구는 미국으로 유학을 가버리고, 엄마가 짝사랑하던 사람은 어느 날 정말 자취도 없이 사라져버렸어. 나름대로 이보다 더 불행하긴 힘들다고 생각했지. 실제로 숨죽여서 많이 울었다. 제일 견디기 힘든 것은 우리 집안의 사정도 아니고 유학 간 친구도 아니고 짝사랑하던 사람의 부재도 아니었어. 그건 나의 이런 딱한 처지가 알려지게 되어서 반 아이들이 처음으로 엄마에게 가엾다는 눈치를 보내게 되었다는 거지. 지금은 꼭 그렇지 않다마는, 그때는 그것이 그렇게나 엄마의 자존심을 상하게 했고, 참을 수가 없었어.

일부러 분식집에서 돈을 내었고 일부러 명랑한 척 떠들었다. 일부러 말이야. 맘속으로는 엄청 죽고 싶었는데(지금 생각하면 죽고 싶기까지? 그런데 그랬단다) 그걸 누군가에게 보여주는 것이 그렇게나 힘든 일이었던 거야. 그때 생각했지. 죽고 싶다, 도망가버리고 싶다. 교과서도 참고서도 보충수업도 없는 곳으로 도망가버리고 싶다. 그런데 말이야. 도망칠 곳이 없더구나. 아무리 생각해도 없는 거야. 그러니까 온몸으로 고3을 맞을 수밖에.

그때 생각했어. 이왕 피할 수 없다면 끌려가지 말자고. 내가 끌고 가자, 휘둘리지 말고, 억지로 노예처럼 공부하지 말고 내가 이 시간들의 주인이 되자고.

지금까지 생각해도 그때처럼 엄마가 열심히 살았던 적은 거의 없어. 다른 친구들은 고3이라고 빠졌지만 일요일마다 하루 종일 가는 성당의 봉사 활동도 빠지지 않았다. 책도 열심히 읽었어. 친구들과 이야기도 많이 했고 새로운 친구와도 친해지게 되었지. 나중에 시간도 많아지고 집안 형편도 회복되었는데 가끔씩 그렇게 고3 때 생각이 나는 거야. 그 이후로 한 번도 그렇게 살지 못했다는 것을 깨달은 거지. 내가 생각하기에 끔찍했던 불행들이 나를 분발시키고 나를 바른 자세로 살게 만들어주었던 거야. 가끔 생각하곤 한단다. 나에게 있어 진정한 불행과 진정한 불운은 무엇일까?

에픽테토스는 노예였고 절름발이였다. 그가 어렸을 때부터 불구였다는 설도 있고 주인에게 맞아서 불구가 되었다는 이야기도 있지. 아무튼 그는 끔찍한 어린 시절을 보냈음에 틀림이 없다. 노예로 다시 로마로 보내졌을 때 그는 이미 해방된 노예인 에파프로디토스에게 고용된다. 그런데 해방 노예로서 노예의 비애를 잘 알고 있어야 할 에파프로디토스는 에픽테토스를 학대한단다. 그래서 에픽테토스는 알게 되었다고 해. 치유되지 않은 상처를 가진 사람은 다른 사람에게 계속 그것을 전가한다고 말이야. 학대받는 며느리였던 시어머니가 며느리를 학대하고, 딸이라고 설움당하던 어머니가 딸을 구박하고, 배고픔을 참으며 고생고생 자수성가한 사업가가 저임금으로 아이들을 착취하고. 상처가 대물림되는 이유는 그것이 치유되지 않았기 때문이라고 말이야. 만일 엄마가 너희들에게 어떤 의미이든 상처를 주었다면 엄마 역시 엄마의 엄마에게 받은 치유되지 않은 상처를 가지고 있다는 말이 되겠지.

에픽테토스는 그래서 거기서 자신과 상대방의 상처를 들여다보고 그것을 극복한 다음, 말하지. 단언한단다.

인간은 자유를 원할 때에만 자유로워진다. 다른 사람은

우리가 자신을 해치고 상처낼 때에만 우리에게 상처 입힐 수 있다. 불행이라는 것은 우리에게 일어난 일 때문이 아니라 그 일에 대해서 우리가 가지고 있는 생각, 믿음, 선입견……. 즉 표상이다.

에픽테토스와 요한 크리소스토모와 그륀 신부님은 각기 아리아를 부르다가 이제 오페라의 끝 무렵에 와서 삼중창을 부르는 빅3처럼 말한다.

우리는 자신이 다른 사람에 관하여 만들어낸 생각에 일치하게끔 그 사람을 체험한다. 어느 한 사람을 열광적으로 찬탄한다면, 우리는 그가 저지른 가장 정신 나간 일도 황홀하게 바라보고, 유일하며 비범한 것으로 해석한다. 화난 안경이나 실망한 안경으로 바라보면, 우리는 그를 마음에 안 들고 불쾌하고 허약하며 아주 간사하고 부정직한 등등의 사람으로 체험하게 된다. 그렇기 때문에 이 세상에서 올바로 살기 위해서는 우리의 표상과 표상을 투사하는 배후를 묻고, 사물과 사람들을 하느님의 빛 안에서 상상하는 것이 중요하다. 그래야만 우리는 참으로 자유롭게 사물과 사람들을 대할 수 있다. 그러면 사물들이 더 이상 우리에게 상처를 입히지 않는다.

위녕, 무엇인가에 표상을 투사하는 너의 배후는 무엇이니? 네 속에 없는 것을 네가 남에게 줄 수는 없다. 네 속에 미움이 있다면 너는 남에게 미움을 줄 것이고, 네 속에 사랑이 있다면 너는 남에게 사랑을 줄 것이다. 네 속에 상처가 있다면 너는 남에게 상처를 줄 것이고, 네 속에 비꼬임이 있다면 너는 남에게 비꼬임을 줄 것이다. 네가 사랑하는 사람이 있다면 그는 어떤 의미든 너와 닮은 사람일 것이다. 자기 속에 있는 것을 알아보고 사랑하게 된 것일 테니까. 만일 네가 미워하거나 싫어하는 사람이 있다면 그는 너와 어떤 의미이든 닮은 사람일 것이다. 네 속에 없는 것을 그에게서 알아볼 수는 없을 테니까 말이야. 하지만 네가 남에게 사랑을 주든, 미움을 주든, 어떤 마음을 주든 사실, 그 결과는 고스란히 네 것이 된다. 이 사실을 깨닫게 되면 말 한마디 시선 하나가 두려워진다. 정말 두려워져.

위녕, 우리는 가끔 어처구니없는 가시덤불에 걸리기도 하고, 모욕의 골짜기에 떨어지기도 하지. 너의 선의와는 아무 상관없이 너는 매를 맞을 수도 있고, 창피를 당할 수도 있어. 그러나 명심해야 할 것은 우리가 설사 그 일을 막을 수는 없지만 그 일을 마음속으로 자리매김할 수는 있다는 거야. 그건 우리에게 달린 일이거든, 그리고 우리에게 달릴 수밖에 없는 일이기도 해.

오늘 아침에 우연히 마주치게 된 모욕에 오늘 하루를 내줄 것인가, 생명이 약동하는 이 오월의 아름다움에 네 마음을 내줄 것인가를 결정하는 것은 너 자신이지. 그것은 나쁘고 좋고의 문제가 아니라 그저 너의 선택이라는 거야.

이 시간의 주인이 되어라. 네가 자신에게 선의와 긍지를 가지고 있다면 궁극적으로 너를 아프게 할 사람은 아무도 없다. 네 성적이 어떻든, 네 성격이 어떻든, 네 체중이 어떻든 너는 이 시간의 주인이고 우주에서 가장 귀한 사람이라는 생명이다.

위녕, 힘들다고 했지? 그래 힘들지. 누구나 그 시절을 다 힘들게 보냈어. 그런데 너의 힘듦은 진정 어디서 오니? 그래 이왕 힘든 거, 힘든 시간을 나를 분발시키고 나를 향상시키는 기회로 삼아보면 어떨까? 미안하다. 그것이 더 힘든 걸 알면서도 이렇게 또 지당한 소리를 늘어놓게 되었구나. 그러나 위넝, 사실을 말하면 엄마는 네가 이 시기를 좀 잘못 넘어도 괜찮다고 생각하고 있어. 그래도 돼. 너는 아직 젊고 또 많은 기회가 있을 거야. 이 한 해로 너의 모든 것을 판단하고 싶지 않아. 그래서도 안 되고……. 사랑한다. 사랑한다는 것은 그 사람을 있는 그대로 받아들인다는 것임을 이제야 알게 된 엄마의 미안한 사랑을 보낸다.

왠지 오늘은 수영장이 임시 휴일일 것 같은 예감이 들어.

자, 오늘도 좋은 하루!

사랑한다.
사랑한다는 것은 그 사람을 있는 그대로
받아들인다는 것임을 이제야 알게 된
엄마의 미안한 사랑을 보낸다.

신은
우리 마음이
더욱 간절해지기를
기다리신 거야

달라진 건 없었어.
집으로 쓰는 상자도 같았고 모이도 같았고,
달라진 건 다만 그의 주인인 막내가 그와 조금씩 놀아주며,
그 생명에 대해 책임감을 막연히 느끼게 되었단 것뿐이지.

위녕, 시험은 잘 보았니? 내가 물으면 너는 언제나처럼 태연한 목소리로 '아니' 하고 짧게 대답하고 씨익 웃겠지? 엄마는 약간 어이가 없는 얼굴로 무슨 말이라도 좀 지당한 말을 하고 싶어서 입술을 달싹이다가 그냥 널 따라 웃고 말겠지. '시험 못 보고 불행해하는 것보다 시험 못 보고 웃기라도 하니 참 다행이다.' 아마 이렇게 말하면서 우리는 마주 보고 한바탕 웃을지도 몰라. 함께 복숭아 맛이 나는 차가운 아이스티를 마시면서 너의 친구들의 자잘한 일을 듣고 있겠지.

엄마는 오늘 네가 학교에 간 사이 네가 그렇게 읽어보라고 오래전부터 권하던 『그리운 메이 아줌마』라는 책을 읽었단다. 그리곤 아주 오랜만에 살짝 울었어. 그것은 말하자면 아주 아릿하고 감미로운 맛이었단다.

엄마는 책을 읽을 때마다 그 작가의 영혼에 수화기를 대고 있는 느낌을 받아. 마치 청진기를 대고 그 가슴의 고동 소리를 듣는 그런 느낌. 때로는 마음이 같은 사람의 글을 읽을 때는 가슴과 가슴에 파이프를 대고 있는 것 같기도 해. 그래서 속수무책으로 그 사람의 슬픔과 고통을 맞아들이기도 하지.

『그리운 메이 아줌마』는 네 말대로 참 아름다운 소설이었다. 별 사건도 없고, 별 시련도 없고, 특별한 등장인물도 없는데 책장을 다 덮고 나서 그 책을 한 5분이라도 가슴에 꼭 끌어안고 있어야 할 것 같은 그런…….

서머(이 소설의 주인공, 여름이라는 뜻의 소녀. 네 말대로 너무 예쁜 이름이었다!)가 자기를 키워주던 메이 아줌마(메이란 이름도 너무 예뻐. 오월의 아줌마잖아)를 저세상으로 떠나보낸 후 이야기는 시작된다. 트레일러에 살던 오브 아저씨(이 이름도 멋있어. 영어의 of는 뜻이 너무 광대하니까 엄마가 번역은 해주지 않겠다)와 메이 아줌마의 집으로 오던 때를 회상하는 것이지. 트레일러에 사는 나이가 많은 부부. (얼마나 가난한지 더 설명하지 않아도 알겠지.) 그러나 서머는 그곳에서 이상하고 낯선, 그러나 오래도록 가슴속에서 자신이 찾던 것을 발견한단다.

두 분을 바라보고 있으면 이따금 눈물이 핑 돌곤 했는데 6년 전 그러니까 내가 이곳에 처음 왔을 때 너무 어려서 사랑이 뭔지 생각조차 못했던 시절에도 그랬다. 그러고 보면 내 마음속 깊은 곳에서는 언제나 사랑을 생각하고 사랑을 보고 싶어 했나 보다. 어느 날 밤 오브 아저씨가 부엌에 앉아 메이 아줌마의 길고 노란 머리를 땋아주는 광경을 처음 보았을 때, 숲 속에 가서 행복에 겨워 언제까지나 울고 싶은 마음을 꾹 참았으니까. 기억은 나지 않지만 나도 그처럼 사랑받았을 것이다. 틀림없다. 그러지 않고서야 그날 밤 오브 아저씨와 메이 아줌마 사이에 흐르던 것을 보면서 어떻게 그게 사랑이라는 것을 알았을까? 우리 엄마는 돌아가시기 전에 윤기 나는 내 머리카락을 빗겨주고 존슨즈 베이비 로션을 내 팔에 골고루 발라주고, 나를 포근하게 감싼 채 밤새도록 안고 또 안아주었던 게 틀림없다. 그리고 그때까지 받은 사랑 덕분에 나는 다시 그러한 사랑을 보거나 느낄 때 그것이 바로 사랑인 줄 알 수 있었던 것이다.

그래, 아무리 누구에겐가 슬픈 일이 있어도 우리는 그 사람만큼 울 수는 없어. 그 사람 속에 있는 슬픔과 비탄이 꼭 우리 마음속에 있지 않아서 그럴 테지. 그런데 어떤 사람이 행복하거나 진정한 사랑을 하거나 숭고한 일을 하는 것을 보면 그 사람은 울지 않아도 우리는 운다. 왜 그럴까 생각해보니까, 어떤 사람에게 생겨난 특별한 슬픔을 우리는 다 가지고 있지 않지만, 어떤 사람에게 있는 특별한 사랑과 행복, 혹은 숭고함은 우리 모두에게 이미 공평하게 나누어져 있어서 그런 게 아닐까 생각하게 되었단다. 그래서 엄마도 서머가 이 두 사람의 진정한 사랑을 보고 자신이 울고 싶어 하는 이유를 알 수 있었던 거야. 다른 점이 있다면 숲 속에 가서 울고 싶다는 것인데, 부러웠어. 우리 집 근처에도 숲이 있다면 엄마도 숲으로 가서 언제까지나 행복에 겨워하며 한번 울어보았으면 좋겠다.

참 이상하지. 얼마 전에 막내가 병아리를 사 왔던 일 너도 기억하겠지. 언제부터였던가 엄마가 아주 어렸던 그날보다 더 전부터 봄날엔 꼭 초등학교 앞에서 병아리를 팔고, 누군가는 그것을 꼭 집으로 사 와. 엄마? 물론 어린 시절, 엄마도 여러 번 그랬지. 그 뽀송뽀송한 노랑 빛을 거부할 수 있는 어린 마음이 몇이나 될까? 아무튼 막내가 사 온 병아리는 또 여느 초등학교 앞에서 파는 병아리가 그렇듯, 병이 들어 눈곱 끼고 설사까지 하고 있었어. 게다가 막내는 돈이 없다는 핑계로 한 마리만 사 왔잖아. 외롭게시리. 그러고 나서는 학교에 다녀와서 학원에 간다, 컴퓨터 게임을 한다, 하면서 병아리는 팽개친 채로 놔둬버리고 말이야. 병아리는 속수무책으로 병들고 죽어가고 있는데.

엄마는 막내를 야단쳤지. 그 마음은 알고 있었지만, 또 하나의 생명이 엄마 앞에서 죽는 걸 보는 건 너무 힘들었고, 막내도 그걸 알아야 한다고 생각했던 거야. 엄마가 뭐라고 하자(물론 내 편에서 보자면 그냥 좋은 말을 좀 큰 목소리로 해주었을 뿐인데) 아침부터 막내는 훌쩍거리며 울더구나. 그러고는 한숨을 쉬면서 상자 속 병아리의 똥을 휴지로 닦아주고 물을 깨끗한 걸로 갈아주고, 엄마가 살짝 들여다보니까 훌쩍거리면서도 그 병아리랑 놀아주고 있더라. 웃음이 나왔어, 제법 말도 걸고 그러고 있더라고. 그러자 병아리는 제가 무얼 알기라도 하는 듯이 막내의 책상에서 쫑긋거리고 걸어 다니더라. 물론 그러다가 물똥을 찍 하고 싸곤 해서 막내는 또 한숨을 쉬어대며 그걸 닦아내곤 했지. 제 눈물을 닦던 그 휴지로 말이야.

그런데 말이야. 놀랍게도 며칠 후, 병아리의 눈은 초롱해지고 설사는 가시면서 병아리의 노란 날갯죽지 사이로 흰빛 깃털이 돋기 시작한 거야. 그러니까 그 병아리가 드디어 병을 이기고 중병아리로 도약하기 시작한 거란다. 달라진 건 없었어. 집으로 쓰는 상자도 같았고 모이도 같았고, 달라진 건 다만 그의 주인인 막내가 그와 조금씩 놀아주며, 그 생명에 대해 책임감을 막연히 느끼게 되었단 것뿐이지.

이 모든 과정을 지켜보다가 사실을 말하자면, 소름이 돋았어. 세상 모든 생명, 집에서 키우는 화분에게조차, 이제는 저 병든 병아리에게조차 사랑과 관심이라는 게 저렇게 필수적인 것이라고 생각하자, 소름이 돋았단 말이야. 우리 집은 아파트인데 저 병아리가 닭이 되면 어떻게 하나, 물론 그런 생각도 들었지. '잡아먹어, 말어?' 이런 생각들 사이로 미안하게도 엄마는 갑자기 너희들이 더 버거워졌다. 사랑이란 게, 사랑이란 게, 맙소사! 싫었어. 누군가를 향해, '내가 뭐 어쨌다구요? 애들이 공부 못하는 거, 애들이 방황하는 거 그게 뭐 다 내 탓이냐구요?' 공연히 변명해야 할 것 같았단다.

그 가난하고 늙은 부부는 그렇게 서머를 키워낸다. 그렇게 6년의 세월이 흐른 후 메이 아줌마가 저세상으로 가버린다.

오브 아저씨는 공허함 속에서 세월을 보내지. 어느 날 우연히 이웃 도시에서 어떤 영매가 죽은 사람을 불러낸다는 소문을 듣고 서머는 영혼으로나마 메이 아줌마를 다시 만나기 위해 그곳으로 떠난다. 오브 아저씨와 함께 말이야. 그때 서머의 친구 크리터스도 함께 떠난다. 크리터스는 별 특징이 없지만 그저 말을 할 때와 하지 말아야 할 때를 정확히 가려내는 능력을 가진 아이야. 크리터스가 오브 아저씨에게 메이 아줌마는 어떤 사람이냐고 묻자, 오브 아저씨는 메이 아줌마가 얼마나 좋은 사람이었는가에 대해 대답하지.

나는 그 이야기를 듣고 조금 놀랐다. 아저씨가 굵직굵직한 일을 이야기할 줄 알았으므로. 이를테면 아줌마가 3년 동안 아저씨 몰래 꼬박꼬박 적금을 부어서 아저씨가 너무너무 갖고 싶어 하던 비싼 대패 톱을 사준 일. 내가 수두에 걸려 열이 펄펄 끓고 헛소리를 해댈 때, 너무 아파서 차라리 죽고 싶었을 때, 아줌마가 무려 32시간 동안 눈 한번 붙이지 않고 나를 간호한 일이라든지 하는 것들을.

그러나 아저씨는 그런 훌륭한 일들을 입에 올리지도 않고, 사소한 일들만 골라서 이야기했다. 아줌마가 단 하루도 빠짐없이 오브 아저씨의 아픈 무릎에 연고를 문질러주었던 일, 내가 꼬마였을 때, 아줌마가 집안일을 하다 말고 밖에서 그네를 타고 노는 나를 창 너머로 내다보며 '서머야, 우리 귀여운 아기, 세상에서 제일 예쁜 우리 아기' 하고 다정하게 불러주던 일. 이렇듯 그동안 아저씨가 마음속에 소중히 간직했던 따스한 기억들이 기다렸다는 듯이 흘러나왔다.

책을 읽는 엄마의 마음이 뭐랄까, 이때서부터 건드려지기 시작했다.

그들은 영매를 만나러 가는 길에 다른 집의 차고만 한 크리터스네 집에 들러 '말린 사과 같은'(와우. 이런 표현이라니! 이건 어떤 선생님의 별명이 고구마나 메주인 것처럼 너무 선명해!) 그의 엄마와 그의 아버지를 만난다. 서머는 '2월의 찬바람 속에서 그 집은 금방이라도 부서질 듯 연약하고 옹색해 보여 나는 왠지 담요로 따뜻하게 감싸주고 싶은 마음이 들었다'라고 말하지만 정작, 서머는 그 집 안에서 마음이 움직이는 것을 느낀다. '이렇게 다정한 사람들을 만나고 보니, 마음이 걷잡을 수 없이 약해졌다. 눈물이 터질까 봐 나는 메이 아줌마

이야기를 입에 올리지' 못하는 거지. 그러고 나서 서머는 생각한다. '그러자 크리터스와 나와의 차이점이 생각났다. 모든 것이 잘되리라고 믿는 크리터스, 모든 것을 잃을까 봐 전전긍긍하는 나.'

책 속의 언어들이, 등장인물들이 너무도 다정해서 엄마의 마음도 걷잡을 수 없이 약해졌다. 눈물이 터질까 봐 누가 보는 것도 아닌데 엄마도 있는 대로 눈에 힘을 주고 책장을 넘겨 나갔단다. 참 이럴 때는 그냥 울면 되는데 꼭 이렇게 버티곤 하는지 몰라.

그들은 당연히 영매를 찾는 일에 실패하고 집으로 돌아오지. 그리고 모든 운명적인 일이 그렇듯 우연히 메이 아줌마의 글을 발견하게 된단다. 메이 아줌마를 잃었던 상실이 너무 커서 울지도 못했던 서머는 그 글을 읽고 울기 시작한다. 누가 보는 것도 아닌데 혼자서 눈물을 그리 참고 있었던, 엄마도 더는 참지 못했다. 그건 이런 구절들 때문이었어.

한때는 하느님이 왜 너를 이제야 주셨을까 의아해하기도 했지. 왜 이렇게 다 늙어서야 너를 만났을까 하고. 나는 집안이 좁을 만큼 뚱뚱한 데다 당뇨병으로 고생하고 있고, 아저씨는 해골처럼 바싹 마르고 관절염까지 앓고 있으니 말이야. 3, 40년 전에 너를 만났다면 쉽게 해줄 수 있었던 일들도 이제는 해주지 못하잖니. 하지만 어느 날 답이 떠오르더구나. 신은 우리 마음이 더욱 간절해지기를 기다리신 거야. 아저씨와 내가 젊고 튼튼했으면, 넌 아마도 네가 우리한테 얼마나 필요한 아이인지 깨닫지 못했을 테지. 넌 우리가 너 없이도 잘 살 수 있을 거라고 생각했겠지. 그래서 하느님은 우리가 늙어서 너한테 많이 의지하고, 그런 우리를 보면서 너도 마음 편하게 우리한테 의지할 수 있게 해주신 거야. 우리는 모두 가족이 절실하게 필요한 사람들이었어. 그래서 우리는 서로를 꼭 붙잡았고 하나가 되었지. 그렇게 단순한 거였단다.

위녕, 엄마가 나이 들어 얻은 선물이 있다면 위대하다는 것이 단순하다는 것을 깨달은 거야. 그중의 하나가 사랑이야. 그걸 진부하다고 하면 안 된다. 너희들이 엄마, 엄마 부르는 소리가 인류가 탄생한 이래 수천만 년 동안 계속되었지만 누구에게든 가슴이 미어지고 절절한 그런 소리였듯이. 그렇게 너와 나도 헤어져 있다가 다시 만났잖아. 그리고 너의 두 동생들과 엄마는 서로를 꼭 붙잡았잖아. 엄마도 알게 되었어. 그때, 왜 우리가 이제야 만났는지를 말이야.

나는 메이 아줌마와 오브 아저씨를 만나 지낸 세월 자체가 죽어서 가는 천당이라고 여겼다.

오늘 하루가, 우리들의 만남이 죽어서 가는 천당이 된다면 위녕, 그건 너무 거창한가? 하지만 엄마도 오늘 너희들이 컴퓨터를 들여다보고 있든, 빈둥거리며 텔레비전을 보고 있든, 그래서 엄마 속을 부글거리게 만들더라도 한번 말해보고 싶었단다.

"위녕아, 귀여운 우리 아기, 세상에서 제일 예쁜 우리 아기."

생각만 해도 닭살이 돋는다고? 물론! 엄마도 그래. 그러니 그럴 때 엄마가 '방 좀 치워라, 공부는 언제 하니?' 하는 말이 사실은 닭살 돋을까 봐 표현하지 못하는 그런 말의 변형이라고 생각해주면 안 될까?

오늘은 수영도 가고 운동도 가려고 했는데 울었더니 기운이 없어. 그러니…… 아무래도…… 낼부터…….

오늘이 너에게 죽어서 가는 천당만큼 그런 좋은 하루이길!
자, 오늘도 좋은 하루!

인생에는
유치한 일이
없다는 것을
알았다

때로는 고난이, 참을 수 없는 외로움이, 때로는 밑바닥이,

우리를 성숙시키고 풍요롭게 만드는 인생의 신비를

엄마는 이때부터 연습하듯 감지하기 시작했단다.

위녕, 바람이 많이 부는 아침이구나. 너는 이렇게 흐리고 비 오는 날을 좋아하지. 엄마는 너 없이 베를린에서 일 년을 지내면서 날씨가 사람에게 얼마나 많은 영향을 미치는지 알게 되었어. 일 년에 맑은 날이 한 달도 안 되는 그곳을 떠올리는 일이 아직도 내게는 좀 힘이 든다. 그때 아침마다 엄마가 밝히던 촛불이 아니었다면 어떻게 되었을까, 오늘도 엄마는 너희들의 이름을 부르며 촛불을 네 개 밝혀놓고 이 글을 쓴다.

엄마는 오늘 예전에 읽던 낡은 책을 꺼내 들었다. 요즘 책들보다 부피가 크고 활자가 작은 책들. 문득 지난날 읽으면서 밑줄 친 구절들을 보고 있노라니까 많은 생각이 엄마의 뇌리를 스친다. 엄마는 존경하는 황석영 작가의 글을 읽으며 이 흐리고 바람 부는 아침을 맞고 있다. 특히나 엄마가 단편들 중 손에 꼽을 정도로 좋아하는 「몰개월의 새」라는 작품이야.

이 짧은 단편의 배경은 월남전 파병을 앞둔 어떤 병사의 하루이다. 월남전을 아니? 세계가 이데올로기의 대립으로 몸살을 앓고 있던 시절, 미국이 공산 월맹과 대치하고 있는 베트남과 함께 전쟁을 시작한다. 미국의 젊은이들이 의미도 모르는 채로 정글의 전쟁터에 던져지지. 수많은 인명 살상용 무기들이 그곳에서 사람들을 죽이는 데 사용된다. 그때 가난한 우리나라의 젊은이들도 이 전쟁에 동원된다. 남의 나라의 전쟁으로 떠나는 것이지. 살아 돌아올 수 없는 상황에서 주머니에 꼬깃꼬깃 모아두었던 돈은 언제 휴지가 되어버릴지도 모르는 상황. 이 소설은 그 전쟁으로 떠나기 전날, 한 상병이라는 주인공과 그 부대 옆의 창녀촌 미자의 이야기이다.

이 작품은 하나의 긴 시(詩)와 같다. 황석영 선생의 아름다운 문장은 그 의미들과 더불어 젊은 시절 습작하던 엄마를 오래 잠 못 들게 했단다. 너무 아름답고 너무 부러워서였지. 소설의 시작은 전쟁으로 떠나기 전 어느 날 밤이다. 주인공인 한 상병은 잠깐 부대를 탈영해 서울로 들어온다.

일 년 반 만에 서울을 찾아가 다시 확인했던 것은 나의 무엇이었을까. 그것은 파충류의 허물과도 같은 것이고, 나는 그 허물을 주워서 다시 뒤집어쓰고 돌아온 건 아닌가.
어깨를 늘어뜨리고 싸돌아다니던 골목에는 아직도 같은
또래의 젊은이들이 어두운 얼굴로 서 있었다. 나도 언제나
끼고 싶어 하던, 머리 좋은 치들의 비밀결사는 여전히 토론
을 벌이고 있었다. 그들은 성공한 신사들 같았다. 모친의 식
료품가게는 문을 닫았다. 그 어두운 가게의 천장 위에 내
'잠수함'은 뚜껑을 닫고 선장을 기다리고 있었다. 뚜껑을 젖
히고 머리를 내밀자 나는 다시 심해(深海)에 잠기는 것 같
았다. 내 다락방의 벽에는 떠나오던 날의 낙서가 여전히 남
아 있었다. ―밤새껏 승냥이는 울부짖는다― 라고.

이 짧은 밤의 여행은 군인이 되기 전 나의 온갖 외로움을
모아놓은 것 같았고, 미친년처럼 화장한 육십 년대의 축축한
습기가 배어 있는 듯했다고 그는 서울을 묘사하고 있다. 쓸쓸
히 돌아오는 길에 그는 어떤 연인의 이별을 목도한다. 주인공
자신은 사랑하던 여자에게 전화를 걸었으나 한마디도 못하
고 끊어버리고 만 후였지.

여자가 웃는 얼굴로 손을 흔들며 몇 걸음 따르더니 그 자

리에 서서 고무줄 하는 계집아이처럼 깡충깡충 뛰었다. 내가 그 여자와 시선이 부딪혔던 것 같다. 그러나 그 여자는 열차의 불빛에 무심히 시선을 던졌겠지. 그 두 사람은 어찌 될까. 내가 전쟁터에서 돌아올 즈음에는, 아니 내주 주말에는 저이들은 나를 모르고, 기억조차 하지 않으며, 불빛이나 소음이나 바람의 부분으로 나를 끼워 넣을 것이다. 그러나 나는 다시 만나지 못할지라도 그들을 오래 기억할 것이다. 여자의 머리칼을 흐트러뜨리던 키 큰 중위의 웃음을 나는 생생히 떠올릴 것이다. 그 여자의 깡충거리던 작별의 동작을 잊지 않을 것이다. 나는 그 순간에 회한 덩어리의 나의 시대와 작별하면서 내가 얼마나 그것들을 사랑하고 있는가를 알았다. 내가 가끔 못 견디도록 시달리는 것은 삶의 그러한 편린들에 의해서이다.

그렇게 서울을 떠나온 한 상병은 다시 부대로 돌아온다. 부대 근처에는 몰개월이라는 사창가가 있지. 몰개월에는 그리고 미자라는 여자가 살고 있단다. 미자가 빗길에 엎어진 채 쓰러져 있던 것을 주인공이 구해준 인연이 두 사람에게는 있다. 그녀들은 삶의 막다른 골목에 이른 사람들. 미자는 뜻밖에도 조신한 여자 노릇을 하며 한 상병을 사랑하기 시작하지. 그러나 한 상병 쪽에서 그녀들은 그저 쓰고 버리는 일회용품만도 못한 사람들이야. 그러나 그녀들은 인권을 유린당하고 코피가 터지게 남자들에게 맞으면서도 떠나가는 군인들을 위해삶은 고구마와 김밥을 준비하기도 한다.

그런 그녀가 월남으로 떠나는 한 상병을 따라(그들은 트럭을 타고 떠나고 있었다. 트럭의 짐칸에 말이야. 이것이 육십 년대 너희 부모님 세대의 군대였지) 트럭의 먼지 속을 달려와 하얀손수건에 싼 것을 던져 넣는다. 풀어보니 플라스틱으로 만든조잡한 오뚝이 한 쌍. 미자로서는 아마 그렇게 살아 돌아오라는 사랑의 표시였겠지. 오뚝이처럼 쓰러져도 일어나라고 말이야. 어떻게 하면 좋으니, 이 유치함을.

나는 승선해서 손수건에 싼 것을 풀어보았다. 플라스틱으로 만든 오뚝이 한 쌍이었다. 그 무렵에는 아직 어렸던 모양이라 나는 그것을 남지나해 속에 던져버렸다. 그리고 작전에나가서 비로소 인생에는 유치한 것이 없다는 것을 알았다.

소설은 설명 없이 곧 끝나버린다. 이 구절이 엄마와 엄마의 세대들에게 얼마나 영향을 주었는지 너에게 다 설명할 말이 있었으면 좋겠다. 이 구절을 읽고 나서 엄마는 모든 유치한 것들을 경멸하지 않는 법을 배웠다. 가끔은 모든 유치함에 깃든 순진성에 경의를 표하기까지 했지.

창문을 덜컹이며 바람이 세어지는구나. 엄마 역시 가끔씩 엄마를 시달리게 만드는 삶의 편린들을 기억하고야 만다. 정거장들, 이별들 그리고 얼굴들과 불빛들.

위녕, 때로는 고난이, 참을 수 없는 외로움이, 때로는 밑바닥이, 우리를 성숙시키고 풍요롭게 만드는 인생의 신비를 엄마는 이때부터 연습하듯 감지하기 시작했단다. 엄마가 좋아하는 로마의 철학자 에픽테토스는, 어려움이 닥쳤을 때는 트레이너인 신이 당신을 최후의 승자로 만들기 위해 아주 어려운 상대와 연습게임을 하도록 한 거라고 생각하라고 말했단다.

힘들지? 자유롭고 싶지? 그래, 그러나 고통과 인내가 없는 자유의 길은 없단다. 감히, 단언하건대 그런 건 없어. 엄마가 오늘 너무 지당한 잔소리를 하고 있나? 하지만 어쩔 수 없어. 비로소 엄마도 알게 되었는걸. 인생에는 유치한 일도 없고, 거저 얻는 자유도 없고, 오직 모든 것은 제각기 고유한 가치가 있다는 말밖에 할 수 없구나.

엄마는 고유한 수영법을 배워서 수영을 해야 할 거 같아.

자, 오늘도 좋은 하루!

그래, 그러나 고통과 인내가 없는
자유의 길은 없단다.
감히, 단언하건대 그런 건 없어.

그녀에게도
잘못은
있었다

"아내라는 사람은 뼈가 빠지도록

그들을 먹여 살리는데

남편은 집에서 낮잠만 자야겠습니까?

나는 더 이상 인정할 수 없습니다."

위녕, 엄마는 지난주 아주 재미있는 책을 읽었다. 『경성기담』이라는 책이야. 실은 별 생각 없이 집어 들었는데 어찌나 재미있든지 밤이 이울도록 책을 놓지 못했어. 책이 가진 오락기능을(그렇다고 이 책이 유익하지 않다는 이야기는 아니다) 이토록 쏠쏠하게 느껴보는 것도 오랜만인 거 같아.

이 책의 저자인 전봉관은 젊은 교수인데 1930년대의 잡지와 신문을 꼼꼼하게 뒤져 기이하고 재미있는 사건을 우리에게 들려준다. 우리로서는 어리둥절한 일이지만 한 가지는 알게 되지. 식민지 시대의 조선, 신문명과 구문명이 충돌하던 시절, 일제의 한국인에 대한 인권이 개 목숨만도 못하던 시절에 대해서. 그리고 또 하나를 생각하게 되는데 그건 바로 어떤 시대 어떤 시기를 살아도 인간이 느끼고 생각하고 추구하는 바는 참으로 비슷하다는 거야.

이 책의 목차는 다음과 같아.

왜 남편과 자식을 버렸나

조선 최초의 스웨덴 경제학자 최영숙 애사―명예와 사랑 버리고 조국 택한 인텔리 여성, 고국에 버림받고 가난으로 죽다

엄마가 이렇게 책의 목차를 장황하게 쓴 적도 별로 없을 거야. 그런데 이 목차들만 가지고도 벌써 장편소설이나 논픽션을 한 편 읽은 듯이 흥미진진하지. 따듯한 소파에 앉아 귤이나 군밤을 까아 먹으며 엄마와 함께 이런 책을 읽으면 어떨까?

앞의 이야기들은 살인 사건들이어서 그 범인을 찾아나가는 길이 당연히 흥미롭지만 저자가 의도를 가지고 뒤에 넣은 두 여인의 삶도 엄마의 마음을 아프게 했다. 저 무렵의 여성들의 생각은 지금 웬만한 페미니스트 저리 가라 할 정도로 진보적이었던 것은 익히 알고 있는 바였지만 어쨌든 시대를 앞서간 사람은, 더구나 그 사람이 여성이라면 실은 불행한 결말은 이미 티켓팅 되어 있는 것만 같구나. 아니 설사 겉보기의 삶이 평탄하다 하더라도 앞선 사상을 받아들였다면 이미 불행했을 거 같아. 진실이라는 것은(여자도 남자와 똑같은 권리

와 욕망을 가진 사람이라는 이 끔찍한 진실 말이다!) 한번 새겨
지고 나면 절대로 사라지지 않으니까.

유관순 열사의 스승인 박인덕은 아이와 남편을 두고 미국
유학을 떠나는데, 거기서 박사학위를 받고 『구월의 원숭이』
라는 자서전을 써서 인세로 상당한 액수를 벌어들인다. 그가
돌아와 남편에게 이혼을 요청하며 하는 말을 들어볼까.

> 나는 결혼 이후 10년이 되는 오늘까지 그들의 어머니요
> 아내라기보다는 종노릇을 해왔습니다. 아내라는 사람은 뼈
> 가 빠지도록 그들을 먹여 살리는데 남편은 집에서 낮잠만
> 자야겠습니까? 나는 더 이상 인정할 수 없습니다.

박인덕은 결국 남편에게 위자료를 주고(?) 이혼하는 조선
최초의 여성이 된다. 그리고 박인덕 이후로 네가 최근에 가까
이 보아온 어떤 사람까지, 위자료를 주고 이혼하는 여성들은
그 후 한반도에 심심치 않게 등장한다. 이혼할 때 여자가 위
자료를 받는다는 사실 또한 우리에게 선입견이 된다는 이야
기구나. 그리고 박인덕은 미국에서 출간된 자서전의 인세로
인덕학원을 설립하지. 왜 그녀의 자서전은 『구월의 원숭이』였

을까?

우리나라 최초의 스웨덴 경제학박사 최영숙은 그보다 더 비참하게 27세의 나이로 죽는다. 모든 영화를 뿌리치고 고국으로 돌아왔으나 콩나물 장사밖에는 할 수 있는 일이 없었다고 했다. 돌아오는 길에 사랑한 인도 남성의 아이도 낳자마자 죽어버린다. 저자는 말하는구나.

그녀에게도 잘못은 있었다. 여자로 태어났고 너무 시대를 앞서갔고 이방인을 사랑했고 혼혈아를 임신했다. 무엇보다 자신을 원하지도 않는 조국으로 모든 것을 포기하고 돌아왔다. (……) 얼마 전 하인즈 워드의 어머니는 '그때 내가 워드 데리고 한국 왔으면 어떻게 됐을까? 아마 거지밖에 안 됐겠지?' 하며 하염없이 눈물을 흘렸다고 했다. '그녀에게도 잘못은 있었다. 여자로 태어났고 시대를 너무 앞서갔고 이방인을 사랑했고, 혼혈아를 낳았다.'

엄마는 얼마 전 아프리카의 극빈국들을 방문했었다. 한 국제기구에서 일하는 우간다 여성은 우간다 남성들은 모두 너무나 후진적이라면서 가정에 돌아가면 여자에게 모든 일을 시키고 자신은 손가락 하나 까딱 안 한다고 하더구나. 게다가 친척들이라도 시골에서 올라오는 날에 남편이 자신을 도와주려고 하면 '이 집에 무슨 안 좋은 일이 일어난 모양이구나' 하는 눈초리로 자신들을 쳐다본다고 말이야. 그녀는 우리 '선진국'에서 온 사람들에게 자신들의 미개함을 설파하고 어려운 처지를 호소하는 듯했어. 엄마의 선배는 경상도 어느 지방으로 시집가자마자 제사를 지내고 '내 숟가락이랑 밥그릇은 어디 있나요' 했다가 싸늘하게 손가락들이 한 방향을 가리키는 것을 보았다고 했다. 그 손가락이 가리키는 방향은 부엌이었는데, 시골집 부엌 흙바닥에 커다란 양푼이 놓여 있었다고 해. 제사 음식 남은 것들이 모두 그리로 모여서 비벼진 다음 여자들의 수만큼 숟가락이 꽂혀 있었다고 했지.

재밌게 읽었다고 해놓고 너무 심각해졌나? 엄마는 아프리카를 다녀온 후라 몸이 너무 아파서 오늘은 수영을 못 갈 거 같아.

그래, 하지만 오늘도 좋은 하루!

제가
할 수 있는 일과
할 수 없는 일을
구분하게 해주소서

사랑해서 잘할 수 있는 일과

사랑하기에 하지 말아야 할 일 두 가지를

구분하는 법을 알게 해달라고 오늘은 기도하고 싶다.

위녕, 요즘 네 기분이 좋지 않은 것 같아 엄마 마음도 좋지 않구나. 우리는 모녀이면서 좋은 친구라고 생각했고, 그래서 서로 적어도 의도된 비밀은 없을 거라고 생각했는데, 어젯밤 네가 엄마한테 '아무 말도 하기 싫어' 하는 소리를 듣고 엄마는 거실에서 한참을 앉아 있었다. 새삼 엄마가 네게 못 해준 많은 것들도 생각났어. 그래 미안하다. 언제나 미안하구나. 하지만 또 그렇게 속수무책으로 입을 다무는 너를 지켜보면서 엄마는 이제 '그래, 이건 지금 내가 할 수 있는 일이 아니다'라는 생각도 했다. 이건 엄마가 나이를 먹으면서, 그사이 흘리지 않아도 좋을 피를 마음으로 흘려가면서 얻은 결론이란다.

아씨시의 성 프란치스코를 아니? 왜 있잖아. 미움이 있는 곳에 사랑을 다툼이 있는 곳에 일치를 하는 기도문으로 유명한 그 사람. 그 유명한 기도문을 엄마는 소녀 시절에 꽤 좋아했었는데, 한참 나이를 먹은 후 이 기도문을 발견했단다. 이 기도문의 원문은 이래.

주여, 내가 할 수 있는 일은 최선을 다해 하게 해주시고,
내가 할 수 없는 일은 체념할 줄 아는 용기를 주시며
이 둘을 구분할 수 있는 지혜를 주소서

이 구절이 어느 날 엄마의 마음속으로 들어와 박혔다.

엄마는 열정이 많은 사람이고 집중력도 강한 편이란다. 너도 알다시피 무언가를 하나 시작하면 그것에 몰두해 밤을 새우곤 했지. 그것이 학교 시절까지는 참 좋은 점이더구나. 아니 나중에 직업을 갖게 되어서 작가가 된 이후에도 좋은 작용을 했다는 것은 부인할 수가 없다. 그런데 인간의 문제에 이르러서는 그리 좋은 일이 아니란 걸 이 글귀로 불현듯 깨닫게 된 거지.

엄마는 노력을 하면 그게 무엇이든 좋은 건 줄 알았어. 나를 오해하고 있는 친구에게는 어떻게든 그 오해를 풀어주려고 노력했고, 나를 미워하는 친구에게는 어떻게든 내 호의를 알려서 나를 좋아하게 하고 싶었다. 내가 믿는 신앙과 내가

믿는 이념이 좋은 것이라는 생각이 들면 그것을 전파하고 싶어 안달이 나곤 했지. 그리고 그게 아주 잘하는 일인 줄 알았던 거야. 그러나 어느 날 내 소관인 것과 내 소관이 아닌 것이 있다는 것을 바보처럼 깨닫게 되었단다. 남의 마음이라든가, 날씨라든가, 네가 전화도 받지 않고 늦을 때 계속 전화를 걸어대는 것이 부질없는 짓이라는 것을 알게 된 거지.

그것은 노력해서 무엇을 하는 일보다 힘든 일이었다. 아무것도 하지 않고 있는 것 말이야. 내가 할 수 있는 일인지 할 수 없는 일인지 알아차리는 것 말이야. 어제 만일 엄마가 이 사실을 모르고 있었다면 네 방으로 가서 너를 계속 귀찮게 하며 무슨 일인지 이야기해보라고 널 졸랐을 거야. 그리고 그 결과가 꼭 좋았을 거라고는 말할 수 없겠지.

참 이상하지. 살면서 우리는 가끔 하기 위해 노력을 해야 하는 때가 있고 하지 않기 위해 노력해야 하는 때가 있어. 이 둘을 구별할 수 있다면 프란치스코의 말대로 '지혜'를 얻는 일이 되겠지. 그런데 이 세상은 말이야. 할 수 없는 일이라는 걸 깨달아야 할 때를 훨씬 더 많이 준다. 소풍 가는 날 나빠지는 날씨하고, 나 싫다고 가는 사람하고, 엄마랑 이야기하고 싶지 않다는 네 마음하고, 어떤 때는 그걸 견뎌야 하는 내 마음까지.

그러나 내가 할 수 있는 오직 하나의 일은 내 마음을 어떻게든 조절하려고 노력하는 것, 기다려주기, 따뜻하게 말해주기, 너에게는 너만의 고유한 상황과 감정이 있을 거라고 생각해주기, 그러니 말하자면 네 마음이 이럴까 저럴까 억지로 (결국은 정확하지도 않을 거니까) 생각하지 말고 조용히 책이라도 들여다보거나, 훌쩍 가방을 들고 수영하러 가기.

위녕, 그래 누구나 입을 다물고 싶을 때가 있지. 엄마가 엄마라는 이유로 혹은 친구라는 이유로 네 입을 여는 것을 강요한다면 그것은 예의가 아니겠지. 걱정스럽지만 그 마음을 아끼는 일도 네게, 그리고 무엇보다 엄마에게 필요한 일이겠구나. 하지만 사랑한다. 사랑해서 잘할 수 있는 일과 사랑하기에 하지 말아야 할 일 두 가지를 구분하는 법을 알게 해달라고 오늘은 기도하고 싶다. 정말 네 방문을 바라보고 있지 말고 수영 가방이라도 챙겨야겠다.

자, 그래도 좋은 하루!

소망은
수천 가지이지만
희망은
단 하나뿐이다

"고통받는 자들에게 충고를 하려 들지 않도록 주의하자.
그들에게 멋진 설교를 하지 않도록 주의하자.
애정 어리고 걱정 어린 몸짓으로
조용히 기도함으로써, 그 고통에 함께함으로써……."

위녕 비가 많이 내리고 있다. 온 나라가 빗속에서 숨을 죽이고 있는 듯하구나. 엄마는 시골집에서 며칠 동안 내리는 비를 바라보았다. 하루 종일 내리는 비를 바라보며 유리 막대 속에 갇혀 있는 것도 같았다. 지난번 가벼운 다툼 후에 너와 말을 하지 않은 지 벌써 나흘이 더 지난 것 같다. 나흘이 되었는데, 엄마는 마음이 텅 빈 듯하구나. 너와 나 사이에 이런 빗줄기 같은 창살이 쳐 있는 거 같아. 몇 번 대수롭지 않은 듯이 네게 말을 붙여보았지만 방문을 닫고 들어가버리는 너의 모습을, 엄마는 조금 고민하다가 그냥 바라보기로 했다.

엄마가 예전에는 이런 상황이 오면 너를 불러서 이건 이렇고 저건 서운하고 하는 말을 하고자 애쓰던 사람이었던 건 네가 더 잘 알 거야. 그런데 오늘은 조금 다른 말을 하고 싶구나. 서로의 갈등이 팽팽할 때 우리가 그 문제 속에 몰두해 들어가는 것이 오히려 더 문제를 복잡하게 만들 수도 있다는 것을 엄마는 이제야 조금 알게 되었단다. 그것은 문제를 없던 듯이 덮어두라거나 회피하는 것과는 다른 거야. 행복한 삶, 그건 대체 뭘까? 우리의 희망은 기실 그곳에 있지 않을까?

얼마 전 엄마는 사회와 인간의 심리에 대해 많은 연구를 하신 한 정신과 의사를 취재한 적이 있었다. 그분은 미국에서 공부하셨고 그곳의 한 대학에서 가르치시다가 귀국하신 지 얼마 되지 않은 분이었어. 그분은 아이들의 심리를 연구하던 분이었어. 미국에서 가르치고 오신 그분은 우리나라 엄마들 사이에서 비정상적으로 일고 있는 영어 교육에 대해 걱정하셨지. 영어만 잘하는 병자 아이들이 이 병원을 찾는다면서 진정한 교육은 아이에게 어떻게 하면 스스로 그리고 함께 행복할 수 있는지를 가르치는 것이라고 말씀하셨지. 그런 이야기를 나누던 중 전화가 걸려왔다. 국제전화이니까 실례를 무릅쓰고 좀 받아야겠다기에 양해해드렸지.

전화를 끊고 그분은 내게 그 전화는 지금 미국에 있는 자신의 아들의 전화이며 중요한 진로 문제를 상의하기 위한 것이라고 말하셨어. 아, 예, 하고 있는데 그분이 다시 말씀하시더라.

"아들 녀석은 올해 ○○로스쿨을 졸업하고 현재 미국의 유명 로펌에서 인턴으로 근무하고 있어요."

여기까지는 엄마가 늘 만나는 상류층의 당연한 자식 자랑이겠거니 했어. 공교육의 무력화를 소리 높여 성토하며 자신의 아이들을 일찌감치 외국으로 보내버린 수많은 지식인들과 부당한 남편의 말에 무조건 따르는 페미니스트를 엄마는 많이도 보아왔기에 별로 놀라지도 않았어. 그리고 이제는 그 사람들이 꼭 위선자들이라고 생각하지는 않아. 다만 속으로 다른 생각을 했지. '음, 아드님이 아주 좋은 로스쿨에 다니는군. 저 아들이 다니는 그 로스쿨에 전 재산을 기부하면 아이를 입학시켜주겠다고 하면 내 주위에서 적어도 10명은 넘게 지원할 거야. 나머지 열 명쯤은 반으로 어떻게 안 될까요, 협상을 시도할 테고 나머지는 20년 거치 10년 상환쯤으로⋯⋯. 이러겠지, 뭐' 이런 비꼬인 생각 말이야.

그분이 다시 입을 열었다.

"그런데 요즘 아들 녀석 말이, 지금까지 가장 유명하다고 하는 몇 군데의 로펌에서 인턴을 한 결과 자신은 그 변호사들이 전혀 행복하지 않은 것을 발견했다고 합니다. 그래서 변호사가 되려는 생각을 접고 다른 길을 찾아봐야 되겠다고 하네요. 지금 그 전화예요, 그래서 제가 방금 그러라고 했습니다."

약간 기분이 이상했지. 엄마는 로스쿨에 다니는 아들을 둔 적이 없어서 그게 무슨 소린 줄 솔직히 실감이 나지 않았지만 말이야. 감동은 그분의 마지막 말에 있었다. 그분은 어리보기한 엄마의 얼굴을 보며 빙긋 웃으시더니 말했어.

"어떠세요? 제가 아들놈 하나는 참 잘 키웠죠?"

나는 그분을 다시 바라보았다. 얼굴 가득 진심으로 기쁨이 어려 있었어.

그날 집으로 돌아왔는데 이상하게도 엄마는 어느새 피에르 신부님의 책들을 펴고 있었다.

피에르 신부는 20세기 초 프랑스의 상류층에서 태어나 19살에 모든 재산을 포기하고 수도회에 들어가 신부가 된다. 그 후 독일 점령하에서 레지스탕스 운동을 하다가 전쟁이 끝나자 집 없는 이들에게 집을 지어주는 엠마우스 공동체를 설립한 분이야. 그분은 8년 연속 프랑스인들이 가장 존경하는 인물 1위에 뽑히기도 했지. 한 사람을 설명하면서 1위 어쩌구 하는 말을 하는 것이 좀 겸연쩍고 민망하다마는 엄마는 그분의 저서 몇 권을 읽으면서 사람이 '산다는 것은 무엇일까' 하는 생각에 잠기곤 했단다. 얼마 전에 그분이 돌아가셨다는 신문의 단신을 보고 잠시 마음이 숙연하기도 했지.

고통받는 자들에게 충고를 하려 들지 않도록 주의하자. 그들에게 멋진 설교를 하지 않도록 주의하자. (……) 다만 애정 어리고 걱정 어린 몸짓으로 조용히 기도함으로써, 그 고통에 함께함으로써 우리가 곁에 있다는 것을 느끼게 해주는 그런 조심성, 그런 신중함을 갖도록 하자. 자비란 그런 것이다. 그것은 인간의 경험들 중에 가장 아름답고 가장 정신을 풍요롭게 해주는 것이다.

필요한 것은 무슨 순교자 같은 장엄함이 아니라고 그분은 말하고 있다.

세 사람이 있는데 가장 힘센 자가 가장 힘없는 자를 착취하려 할 때 나머지 한 사람이 '네가 나를 죽이지 않고서는 이 힘없는 자를 아프게 하지 못할 것이다'라고 말할 때 하늘나라는 이미 이곳에 있다.
우선적으로 가장 강한 자들을 원할 것인지 아니면 가장 약한 자들을 위해 봉사할 것인지는 우리가 내려야 할 진정한 사회적 선택이다. 이 선택이야말로 한 가정이, 한 종족이, 한 나라가, 또는 한 문화가 위대한지 또는 저급한지를 결정 짓는 것이다.

그것은 엄격한 율법의 세계는 아니다. 레지스탕스 동료가 국회의원이 된 후, 신부님을 찾아와 말한다. 지금 짓고 있는 집은 법률에 어긋나는 것이니 당장 철거하라고. 그러자 피에르 신부님은 조용히 대답하지.

"여보게 그건 나도 아네. 그러니 자네가 법률을 좀 바꾸어 주게나. 법보다 사람이 훨씬 중요하지 않나?"

언젠가 이 구절이 엄마의 마음을 두드리고 지나갔다. 그분 이 조용히 대꾸했다는 대목에서 더욱 그랬지. 아마 이 말을 할 때 피에르 신부는 웃고 있었다는 생각이 든다. 장난꾸러기 처럼 말이야. 법률이 옳으니 그르니 말하지 않았고 네가 옳으 니 내가 옳으니 말하지 않았다.

프랑스의 대통령을 지냈던 미테랑이란 사람이 죽기 세 시 간 전에 피에르 신부님께 물었다고 해.

"신부님 정말 신이 존재할까요?"

그러자 피에르 신부님이 대답했다고 하더라.

"프랑수아(미테랑의 이름이지). 뭐 그렇게 바보 같은 질문을 다 하나? 언젠가 자네가 가난한 이에게 가진 것을 다 주고 돌아설 때 자네 마음이 어땠는지 생각해보게. 그 바보 같은 짓을 하고도 자네의 마음이 기뻤다는 게 그 증거라네."

피에르 신부님은 이때도 웃으셨을 거 같아. 장난꾸러기처럼 말이야. 오스카 와일드가 말한 것처럼 삶은 정말 소중해서 진지하게 말할 하찮은 것이 아니라는 생각도 들고.

위녕, 나날이 어수선하고 네 마음은 바쁜 엄마에 대한 야속함으로 가득 차 있니? 그래, 그렇겠다. 그런데 이런 힘든 나날에 한번 웃어보자. 그 모든 '일'보다 너 자신이 훨씬 더 중요하니까. '소망은 수천 가지이지만 희망은 단 하나뿐이다'라는 그분의 말씀을 네가 좀 읽어보아도 좋겠구나.

희망과 소망을 혼동하지 말자. 우리는 온갖 종류의 수천 가지 소망을 가질 수 있지만 희망은 단 하나뿐이다. 우리는 누군가가 제 시간에 오길 바라고, 시험에 합격하기를 바라며 르완다에 평화가 찾아오기를 소망한다. 이것이 개개인의 소망들이다.

희망은 전혀 다른 것이다. 그것은 삶의 의미와 밀접하게 연관되어 있다. 만약 삶이 아무런 목적지도 없고, 그저 곧 썩어질 육신을 땅속으로 인도할 뿐이라면 살아서 무엇 하겠는가? 희망이란 삶에 의미가 있다고 믿는 것이다.

희망은 대학과도 돈과도 명예와도 상관이 없는 것이다. 어쩌면 그것은 우리의 본질, 즉 서로 사랑하고 남과 자기 자신에 대한 사랑과 긍지에 이르는 길이다. 네가 엄마에게 더 부루퉁해 있는 것이 도움이 된다면 그렇게 하려마. 그것이 너 자신의 긍지를 지키는 길이라면 당연히 그렇게 해야지. 그런데 말이야 우리는 어쩌면 어린 시절에 이미 엄마에게 사랑받지 못한 미움을 표현하기 위해, 엄마가 권하는 네가 사랑하는 아이스크림을 거부하는 그런 전력을 가진 사람들이란 생각이 드는구나. 알지? 미움을 표현하기 위해 자기가 가장 좋아하는 것을 거부하는 것 외에는 그 방법을 모르는 우리 상처받은 인간들 말이야.

나이가 들어갈수록 피에르 신부님은 '인생에는 근본적인 것이 있다고 확신하게 된다. 절대로 망쳐서는 안 되는 그 두 가지 일은 사랑하는 것과 죽는 것이다'라고 말한다. 아직 그분처럼 나이 먹지 않았지만 엄마도 나이를 먹을수록 확신하게 되는 한 가지가 있어. 어찌하여 절제하고 봉사하고 희생하는 듯 보이는 이는 나이가 들수록 점점 더 자유로워 보이고, 하고 싶은 대로 하고 자기를 위해 살며 성취하려고만 했던 이는 나이가 들수록 더 묶여 있는 듯 보이나 하는 거야. 미모 역시 말할 것도 없이 전자 쪽이 아름다워. 이런 말 해서 좀 그렇지만 도가 높은 수도승이나 나이 드신 추기경님과 재벌 총수의 진정한 미모는 어떠니? 오늘 밤에는 네가 좋아하는 닭모래집 볶음에 맥주 한잔 줄게. 잠깐 갈등의 상황을 덮어버리고 엄마랑 재미있는 이야기 해보지 않겠니? 웃다 보면 다시 여유가 생길지도 몰라. 네가 엄마에게 바라는 것들, 엄마가 네게 바라는 것들, 이 모든 것들은 소망이지. 그것들은 모두 우리가 도달하고자 하는 희망으로 가기 위해 우리 스스로 필요하다고 결론 내린 것들이야. 그러나 희망은 한 가지이지. 그건 너와 내가 서로 사랑하는 것이다. 서로 존중하고 자유롭게 해주는 것. 위녕, 맘 풀어라. 엄마가 널 기다리고 있다. 비는 내리지만 이 비가 그치면 생명들이 그 물기를 빨아올리며 용약하겠지. 네가 마음이 풀려야 엄마도 벼르던 수영을 다닐 텐데.

오늘도 좋은 하루!

위녕, 맘 풀어라.
엄마가 널 기다리고 있다.

작가가
되고 싶다면
돈을 벌어야 해

누군가의 말대로
무거운 내 짐이 때로는 가장 강력한
내 날개가 되는 것이지.

위녕, 기나긴 비가 그치고 겨우 해가 나는구나. 천장의 벽지들이 늘어지도록 습한 나날들이다. 여름을 좋아하는 엄마도 힘이 드는구나. 너희들 셋이 학원까지 모두 방학을 하고 고양이 두 마리까지……. 너희들과 함께 있는 시간을 늘리기 위해 작업실을 가지지 않겠다고 결심했던 엄마도 요즈음엔 약간씩 과연 그것이 옳았나, 후회한단다. 작가에게는 가끔씩 독도에 데려다 놓아도 성에 차지 않을, 그런 고독의 시간이 필요하단다. 아니 비단 작가에게만은 아니겠지만, 모든 창작은 필연적으로 고독을 연료로 한다. 그러니 가끔씩 엄마가 혼자 있고 싶어 한다고 해도 네가 상처받지 않았으면 한다. 그건 너를 사랑하고 하지 않고, 함께 있고 싶고 아니고의 문제는 아니니까. 사족 같지만 얼마 전 유명 작가의 딸이자 그 역시 책의 저자이기도 한 여성을 만나 이야기할 기회에 물었지. '그렇게 존경하는 엄마에게 그래도 서운한 점이 있어요?' 하고. 그러자 그분이 대답하셨단다.

"가끔씩…… 너무도 차가워요. 대개는 글을 쓸 때……."

그때 엄마도 네 생각을 했단다. 아마 너도 가끔씩 이런 대답을 할지 모르겠다고.

그럴 때 엄마는 가끔 박경리 선생의 산문집을 꺼내 든다. 설명이 따로 필요 없을 『토지』의 작가가 쓴 『Q씨에게』라는 책이야. 이제는 같은 직종의 선배로서, 아니 그 이전에 엄마가 문학소녀였을 때, 동경하던 선생으로서 그녀의 글은 엄마에게 절실하다. 지난번에 엄마가 낸 산문집이 'J에게'라는 이니셜로 시작한 것도 이분의 영향이었는지도 몰라. 이분도 엄마와 똑같이 대체 그 Q가 누구냐는 질문에 시달리셨나 보더라. 그 대답은 이렇다.

Q씨, 참으로 쓸쓸하고 막연한 부름이군요. 나는 당신이 누군지 도무지 알지 못합니다. 내 그림자인지도 모르겠고, 나를 둘러싸고 있는 사방의 벽인지도 모르겠고 저 머나먼 곳, 밤하늘에 있는 별인지도 모르겠습니다. 영원한 암흑 속에서 한줄기 빛을 소망하는 노래를 우리가 부르고 있다는 것을 당신은 알지 못할 것입니다. 그 노래는 인간들의 그치

지 않는 울음이라는 것도.

설사 우리 인간들이 함께 으슥한 뒷골목, 낡은 간판이 겨울바람에 덜컥거리는 음식점에 앉아서 저녁을 나누어 먹고 톱밥 불이 모락모락 타는 손님 없는 다방에서 슬픈 음악을 들으며 한잔의 커피를 즐기다가 가등(街燈)이 뿌옇게 번져나는 늦은 밤, 늦은 거리에서 헤어지는 그런 다정함이 있다 하더라도 내 쓸쓸한 의미를 알 리 없거늘, 하물며 Q씨 당신은 내 그림자요? 허공인가요? 아무것도 아니잖습니까?

아무것도 아닌 사람, 아무것도 아니나 내가 내 마음을 전달해야 할 사람 그게 Q씨이고 J이겠지. 그런데 그들은 그 많은 말을 듣다가 가끔 묻는다. '작가는 왜 글을 쓰느냐?'고 말이야.

항상 나는 할 이야기가 많았습니다. 너무 할 말이 많아 나는 내 몸무게를 잃을 지경이었고 내 눈은 별이 가득 들어찬 우주와 그 우주 밖 무궁한 곳을 얼마나 헤매었는지. 당신은 그처럼 많은 소설을 썼으면서도 아직 군소리가 남아 있느냐구요? 천만의 말씀입니다. 나는 오늘 이 순간이 오기까지 할 말을 한 마디도 못했다는 외로움을 안고 있습니다.

작가는 신을, 신의 창조를 닮으려고 한 불경의 죄 때문에 평생 고통 속에서 살아가야 한다는 것을 가르쳐주신 분도 이 분이었다. 게다가 그 산문집에는 이런 시가 소개되어 있다.

비뚤어진 미소일랑 집어치워.
나는 지금 다른 여자를
사랑하고 있어.
너는 아니다.
너는 너 자신이 알고 있을 거야.
잘 알고 있고말고.
내가 쳐다보는 것은 네가 아니다.
너에게 온 것도 아니다.
네 옆을 그냥 지나쳐도
내 마음은 아무렇지도 않아.
다만
창문을 들여다보고 싶었을 뿐이야.

제목은 「손을 부비며」인데 러시아의 세르게이 에세닌이란 시인이 썼다고 한다. 에세닌은 불꽃 같은 무용가 이사도라 덩컨을 사랑했고 그리고 그 사랑이 종말을 맞았을 때 자살했다. (엄마가 좋아하는 러시아의 시인들은 왜 여자 때문에 자살을 하는지 모르겠어. 마야쿠프스키도 그렇고, 푸시킨도 결국 여자 때문에 결투하다가 죽다니. 이럴 땐 여자들이 너무나 미워.) 박 선생은 이 시를 보고 이렇게 짧게 시가 할 수 있는 것을 소설로 하려면 얼마나 많은 언어로 표현해야 하겠냐며 이 시를 인용하신 거야.

나중에 안 일이었지만 박경리 선생도 처음에는 시인 지망생이셨다. 엄마처럼 말이야. 엄마도 어느 날 시는 천재들의 영역이라는 것을 알았고 그때 시를 포기했다. 모든 예술에는 천재가 있다. 그런데 유독 천재가 없는 장르가 있는데 그게 내 생각에는 소설 같았어. 그건 나의 노력을 요구하는 거니까. 시간과 체력과 고통과 인내 같은 것들 말이야. 두꺼운 종이들을 다 글자로 채워넣어야 하는 손가락의 끈질김과 엉덩이의 힘. 그러니 하늘 탓을 좀 덜해도 될 거 같아. 엄마도 소설을 택했으니까.

모든 작가들의 삶은 파란만장하다. 설사 그들이 외면적으

로 아무 일도 없는 듯한 삶을 살았다 해도 그래. 그 내부에서
이는 해일과 번개가 없었다면 그 긴 언어들을 줄줄이 꿰어야
만 하는 밤들을 어떤 에너지로 태울 수 있었겠니?

박경리 선생 역시 한국전쟁 때 남편과 아들을 잃는다. 처음
자신의 아들의 죽음을 소설화시킨 것을 보고 다른 사람들이
비난을 퍼부었을 때(이럴 때 그녀를 비난하는 사람들은 대체 누
군지?) 그녀는 절규한다.

나는 자식의 죽음을 객관화하려고 했습니다. 그것은 더
잔인한 일이었으며 해부실에 들어간 아이의 시체에다 다
시 칼질을 하는 행위였습니다. 이러한 반복되는 작업 속에
서 나는 고통이 목을 졸라매면 맬수록 노래 부르겠다고 발
버둥쳤던 것입니다. 과정이 문제가 될 수 없다. 나는 인간이
아니고 물체라도 좋다. 내 심장이 난도질되어도 좋고 곪아
터져도 좋다. 단 한 사람의 독자에게라도 울분과 슬픔을 준
다면 한 작은 생명이 받은 고통이 무마되려니…….

엄마가 조금 이름을 얻고 사람들의 시선과 비평에 괴로워
할 때 이미 앞서 그 길을 간 후 엄마에게 숨겨진 길을 가르쳐

주신 것도 아마 이분이었지.

　　이러한 세속적인 성공이 나하고 무슨 상관이겠는가, 내
인생하고 무슨 상관이겠는가 하는 의심과 자문자답은 나
를 허황하게 흩뜨려놓고 보다 깊은 고독과 사람을 만나기
를 꺼려 하는 성향을 짙게 했을 뿐이다. 무대는 화려하나
무대 뒤의 쓸쓸하고 착잡한 바람을 받고 서 있는 나, 다 뿌
리치고 어디론지 도망치고 싶은 충격, 이 상태에서 터지지
않았던 것, 파괴하지 못했던 것, 그것은 가족이라는 너무나
강한 지주가 있었기 때문이다.

　　위녕, 엄마는 가끔 이 구절을 오래도록 바라다본다. 더도
덜도 없이 엄마의 마음을 너무도 정확하게 표현했기 때문이
다. 박경리 선생도 한때 아이들과 부모를 책임져야 하는 가장,
엄마 또한 너희들을 먹여 살려야 하는 가장. 이 괴로움이 때
로는 삶의, 혹은 글쓰기의 가장 큰 동력이 된다는 것을 엄마
는 알기 때문이야. 누군가의 말대로 무거운 내 짐이 때로는
가장 강력한 내 날개가 되는 것이지.
　　위녕, 이야기가 너무 무거웠나? 엄마가 네게 늘 웃으며 이

야기해도 실은 마음속으로 이런 울분과 고통을 안고 있다고, 어리광 좀 피우고 싶었나 봐. 네가 글을 쓰고 싶어 하는 걸 엄마는 알고 있어. 오히려 엄마가 작가이기 때문에 너는 엄마에게 아무것도 묻지 않는다는 것도 알아. 독자를 만날 때 빠지지 않고 등장하는 질문도 실은 이것이야.

글쎄, 글은 말이야. 이게 그림이라도 좋고 음악이라도 좋고 무용이라도 좋고, 어떤 예술 장르이건 말이야. 그건 오는 거야. 만들어내는 게 아니라구. 유명한 곡, 유명한 그림, 어느 날 섬광처럼 내리친 영감에 의한 것이 많아. 과학자의 연구가 7년간에 걸쳐 완성되었다면 그것은 실험하고 기다리고 쌓아 올렸던 연구의 시간이니 당연히 훌륭한 것이지만 예술은 불행히도 그것과 상관이 없다. 오히려 7년 동안 쓴 단편이라고 한다면 말이 안 되는 이야기여서 억지로 뜯어고쳤을 확률이 더 높은 거야.

그런데 이 '오는' 영감을 잡아내기 위해서는 평소에 활자에 예민해 있어야 하고, 많은 글들이 어떻게 구성되었는지 알고 있어야 하고, 삶이 어떻게 펼쳐지는지 관찰하고 통찰한 데이터들이 머릿속에 있어야 해. 그러고는 앉아서, 친구가 놀자고 메신저로 아무리 말을 걸어와도, 아무리 재미있는 축구 시합

이 있어도 그런 것들을 물리친 채로 앉아 있을 마음의 용기와 엉덩이의 끈기가 필요한 거야.

가끔, 스무 살부터 글을 쓰기 위해 노트북을 들고 절로 들어간다는 젊은이들을 보곤 하지. 솔직히 그럴 땐 걱정스러워. 왜냐면 이제 이 시대의 이 복잡한 삶은 단순히 20대가 관찰하고 통찰하기엔 너무 어려운 거야. 삶이 좀 더 단순하던 시절에는 사람들이 20대 초반에도 숱한 명작을 발표했다. 그리고 그래야만 했던 것이, 대개 작가들은 폐결핵으로 일찍 죽는 일이 많았어. 그런데 요즘은 폐결핵 약도 좋고 수명도 늘었어. 29세쯤 죽는 걸 요절이라고 한다면 그럴 확률이 너무도 적다는 거지.

그래서 엄마는 그런 친구들에게 충고하곤 한단다. 그러지 말고 공부를 열심히 하고 나서 취직을 해서 돈을 버는 게 좋겠다고 말이야. 왜 그러냐 하면, 돈은 우리 사회에서 너무도 중요한 거니까. 엄마가 돈을 숭배한다는 오해는 안 할 테니 더 이야기하지 않겠다만, 숭배하지 않는다고 해서 중요하지 않다고 쉽게 거부해버리는 것도 현실과 위배되는 거야. 그래 그 돈을 버는 동안 너는 보게 될 거야. 돈이 있는 자와 없는 자, 돈 앞에 비굴한 자와 당당한 자, 두 아이를 거느린 가장이 돈 때문에 얼마나 자신의 자존심을 팔아야 하는지, 천박한 인간이 돈을 가졌다고 다른 이들을 얼마나 상처 입히고 있는지, 그리고 이 세상에서 사람들이 돈이라는 것을 따라 어떻게 몰려다니고 자신을 잃어가며 전혀 되고 싶어 하지 않는 그런 부류의 인간으로 변해가는지.

작가는 현실을 다루는 사람이다. 설사 공상이라 해도 현실의 요소들이 없다면 우리는 전혀 그것과 교감할 수 없어. 그래서 작가는 이 모든 현실을 알아야 하는 거지. 그리고 읽으며 기다리는 거야. 소설이, 글이 내게로 올 때까지 말이야. 그러면 사람들은 묻곤 하지? 그렇게 열심히 일하며 돈을 벌고, 또 읽는데 소설이 혹은 글이 오지 않으면 그때는 어떻게 하죠? 그러면 엄마는 대답한단다.

"네, 그러면 쭉 돈을 벌고 읽으며 살면 됩니다. 그것도 행복한 삶이니까요."

가끔은 내 엄마 같기도 한 고마운 딸. 너무 돈, 돈 했나. 그러니 러시아 시인들의 슬픈 시를 더 찾아보고 싶은 오늘이구나. 이 시들을 읽고 나면 수영은 너무 추울 것 같아.

자, 오늘도 좋은 하루!

행복한 사람을
친구로 사귀렴

네 아름다운 친구에게도 전해주렴.

'우리의 동경이 현세에서 이루어지지 않아도,

우리가 사랑하는 사람이 우리를 우리가 바라는 대로 사랑하지 않아도,

우리를 배반하고 신의 없게 굴어도'

삶은 어느 날 그것이 그래야만 했던 이유를

가만히 들려주게 될 거라고.

위녕, 방학인데도 매일 학교에 나가느라 힘이 들지? 더구나 요즘은 비가 내리고 습도가 높아 네 여름을 더욱 힘들게 하겠구나. 이 더운 여름 엄마는 오랜만에 다시금 『열정』이라는 책을 꺼내 들었다. 엄마가 이 책을 가방에 넣고 다니는 걸 보고 엄마의 친구 하나는 '네(그러니까 엄마) 열정과 그 책의 제목과 이 여름의 열기가 더해져서 보기만 해도 덥다'고 투덜거리더구나. 하지만 이 소설은 생각보다 서늘해. 10여 년 전이던가, 산도르 마라이라는 낯선 헝가리 작가의 이름과 함께 이 책이 처음 소개되었을 때 그 충격을 엄마는 아직도 신선하게 간직하고 있단다.

누구나 좋은 책을 발견하게 되면 그렇듯, 엄마는 사랑하는 친구들에게 여러 권 이 책을 선물하거나 소개했고, 그래서 우리 친구들의 모임에는 이 책과 이 작가의 이름이 여러 번 거론되었단다. 산도르 마라이는 평생을 조국 헝가리에 돌아가

지 못하고 떠돌던 작가. 그는 공산주의의 획일적 체제를 견딜
수 없어 조국을 떠난다. 그는 『어느 시민의 고백』이라는 책에
서 말한다.

　글을 쓸 수 있는 마지막 순간까지 나는, 충동에 대한 오
　성의 승리를 선포하고 죽음의 동경을 제어할 수 있는 정신
　의 저항력을 믿은 시대와 세대가 있었다는 것을 증언하려
　한다.

그러나 그는 끝내 조국에 돌아가지 못하고 이국을 떠돌아
다니다가 89세의 나이에 권총 자살로 삶을 마감한다. 엄마는
이것이 그의 오성이 충동에 대하여 실패하고 죽음의 동경을
제압하는 데 실패했다고 생각하지 않아. 그가 마지막에 그렇
게 죽었다고 해서 그의 모든 생이 죽음에 굴복당했다고 말할
수는 없겠지. 그의 말대로 누군가의 생은 한순간이 아니라
전 생애로 대답해야 하는 것이니까. 엄마의 생각에 그는 운명
이라는 것과 싸우고 끝내 그 운명에 대해 승리했다. 글쎄, 아
직 이십 대인 네가 이 말을 이해할 수 있을까? 운명에 대해
승리하는 단 하나의 방법은 그 운명을 받아들이는 것이라는

말을 말이야. 거대한 파도에 휩쓸린 배가 파도를 넘어가는 유일한 방법은 파도 자체를 부정하며 판자로 얼굴을 가리고 있는 것이 아니라 그 파도를 넘어 휘청대면서 앞으로 나갈 수밖에 없다는 비유를 하면 좀 이해가 될까.

이 소설은 모든 훌륭한 작품들이 그렇듯 간단하단다. 어린 시절부터 24년 동안 쌍둥이처럼 붙어 다니던 형제 같은 친구가 있었다. 그리고 헤어졌다가 41년 만에 재회하는 그 어느 날 밤의 이야기야. 주인공은 41년 전 어느 날 그렇게 사랑하던 친구가 자신의 아내와 부적절한 관계에 있다는 것을 발견한다. 그날 이후 친구는 종적을 감추고 아내는 자살한다.

아직 어린 네가 이런 사건들이 이해가 될까 모르겠다마는 이미 세계의 명작들은 삶과 죽음, 사랑과 배신이라는 이런 이야기들을 충분할 정도로 함축하고 있었다. 그리고 그것들은 싫든 좋든 우리가 마주해야만 할 인생의 본질이라고 엄마는 생각하고 있단다.

참 이상했던 일은 네게 이 책을 권해주었던 어느 날 너는 내게로 와서 너의 친구의 일을 내게 전해주었다. 너의 여자 친구는 이 책의 주인공처럼 자신의 애인과 여자 친구가 한때나마 부적절한 관계였다는 것을 알게 되었는데 네가 무심히 권해준 이 책을 읽고 얼굴빛은 창백해지고 거의 전율에 가까운 감정에 사로잡혔다고 했어. 그때 엄마는 솔직히 좀 놀랐고 (이십 대 초반에 이런 일이 벌써 일어나다니, 혹시 내 딸도? 하는 불안감에 말이야) 겨우 스무 살에 그런 일을 겪은 친구에게 무어라 위로의 말을 해주고 싶었지. 그때 엄마가 말했잖아. 미안하지만 그 애에게 그건 어쩌면 축복이라고 전해주겠니? 이말을 했던 게 엄마의 강연차 우리가 부산으로 함께 갔던 그바닷가였지. 바다가 보이는 호텔 객실에서 맥주를 마시며 우린 이런 이야기를 했었어. (바닷가에 가서 맥주 먹고 싶다!)

네가 놀란 눈으로 엄마를 바라보았지. 엄마는 젊은 날의 고난이 사람을 얼마나 풍요롭게 하는지 말하고자 했던 거야. 하지만 너는 그 말에 수긍하려고 하지 않았어.

"그런 고난이 있는 것보다 없는 것이 더 난 건 사실이잖아. 엄마도 내가 그런 일을 당하지 않으면 하고 바라잖아?"

물론 위녕, 그건 사실이다. 이 세상에 당해서 좋은 고난이란 게 있겠니? 하지만 위녕, 엄마의 말을 잘 들어라. 고난은 누구에게나 공평하게 온다. 아니 어쩌면 불공평하게 오지. 착하게 사는 사람에게나 나쁘게 사는 사람에게나 공평하게 닥치니까. 그런데 3층 집을 지었을 때 태풍으로 그 집이 무너지는 것하고, 아무 시런 없이 40층 집을 지었을 때 태풍으로 집이 무너지는 것하고는 너무도 다른 일이야. 3층 집이 무너졌을 때 그 무너짐을 받아들이고 다시 집을 지어본 사람하고 그런 일 한 번 없이 나이 든 사람은 다른 거야. 그리고 더 솔직히 말하면 그런 일이 일어났다면 이제 우리는 생각하는 수밖에 다른 방법이 없기도 해. 여러 번, 되풀이해서 머리를 쥐어뜯으며 그런 일이 없었다면 얼마나 좋을까, 사흘만 생각하고, 그리고 끙차, 하고 힘을 낸 다음 생각하는 거야.

'내가 어찌 해도 이 일은 일어났다. 그러니 침착하게 생각하자. 자, 이제 어떻게 할 것인가.'

그런데 말이야. 엄마의 친구들은 모두 이 책을 가슴 아프게 읽었어. 엄마 친구들은 혹은 엄마는 왜 이런 일을 겪어보지도 않고 이 책에서 말하는 운명과 배신과 그리고 우정의 몰락에 그토록 매료되었을까? 너도 알다시피 엄마의 친구들은 엄마보다 훨씬 행복하게 사는 사람들이야. 그런데도 이 글을 알고 이해했어. 왜냐하면 배신이라는 것은 오직 타인이나 상황으로만 오는 것은 아니기 때문일 테지.

주인공은 친구에게 말한다. '왜 그랬느냐? 그래서 어떻게 되었느냐?'는 말 대신 이렇게 말하는 거야.

언제나 전 생애로 대답한다네. 그동안에 무슨 말을 하고 원칙을 세워서 변명하고 이런 것들이 과연 중요할까? 결국 모든 것의 끝에 가면, 세상이 끈질기게 던지는 질문에 전 생애로 대답하는 법이네. 너는 누구냐? 너는 진정 무엇을 원했느냐? 너는 어디에서 신의를 지켰고, 어디에서 신의를 지키지 않았느냐? 너는 어디에서 용감했고, 어디에서 비겁했느냐? 세상은 이런 질문들을 던지지. 그리고 할 수 있는 한, 누구나 대답을 한다네. 솔직하고 안 하고는 그리 중요하지 않아. 중요한 것은 결국 전 생애로 대답한다는 것일세.

주인공은 41년 동안 이 친구를 기다려오며 친구에 대해 생각한 것을 말한다.

우리가 사귄 첫 순간부터 자네는 나를 증오했어. 자네에게 없는 무엇인가가 내게 있었기 때문에 나를 증오했지. 그것이 무엇이었을까? 자네는 항상 남보다 많이 알았으며 본의 아니게 최고 우등생이었고 부지런한 모범생이었네. 그러나 자네 영혼의 밑바탕에는 갈등, 자네가 아닌 사람이고 싶은 동경이 숨어 있었어. 인간에게 그보다 더한 시련은 없네.

현재의 자기와는 달라지고 싶은 동경, 그보다 더 인간의 심
장을 불태우는 동경은 없지.

엄마는 한때 이 구절 때문에 많이 힘들어했다. 내가 나 아
니기를 바라던 동경이 얼마나 큰 형벌인 줄 알지도 못하고 있
었을 때였으니까. 너는 어떠니? 너는 너 자신을 있는 그대로
받아들여 사랑하고 있니? 대답하기 힘들겠구나. 네가 스무
살이든 네가 백 살이든 그것은 인생이 묻는 너무도 커다란
질문이니까 말이야.

네가 친구들의 일로 힘들어할 때 엄마가 했던 말 기억나
니?

행복한 사람을 친구로 사귀라고 했던 말. 너는 그때 눈을
동그랗게 뜨고 내게 질문하듯 나를 바라보았어. 엄마가 속물
처럼 다시 말했지.

"위녕, 행복한 사람만이 진정 너의 친구가 되어줄 수 있다."

그래 위녕, 그건 산도르 마라이가 말한 대로 '내가 나 자신
이 아니기를 동경하여 시기심으로 눈이 멀어버린 듯한' 그런
친구는 결국은 자기 자신과 우정을 해치고 마는 것을 엄마가
잘 아는 까닭이야. 자기 자신이 아니기를 동경하는 것은 내일

을 위해 더 나은 자격시험을 준비하거나 자신의 잘못된 습관을 고치기 위해 날마다 달리기를 하려고 결심하는 그런 이야기가 아닌 것은 너도 알겠지. 그리하여 결국은 너는 네 '기쁨'에 진심으로 함께 기뻐해줄 수 있는 친구를 만나야 해.

사람들은 흔히 불행한 시간에 찾아와 위로해주는 친구가 진짜 친구라고 하지만, 그건 정치와 관직이 전부였던 남자들의 봉건적 세계에 더 들어맞는 말이 아닐까 싶어. 슬플 때 불행할 때, 나쁜 처지에 처했을 때 거들떠보지도 않는 친구가 좋은 친구라는 이야기는 물론 아니야. 그러나 사람은 자신의 불행을 함께 한탄하는 것을 다른 사람을 위로한다고 착각할 때가 많아. 진정한 우정은 그의 성취에 그의 성공에 함께 진심으로 기뻐해줄 수 있는가 아닌가에 있고, 이런 일은 대개는 '스스로가 스스로임을 좋아하고 행복한', 스스로와 스스로의 삶에 긍정의 눈을 뜨고 있는 그런 사람들만이 해낼 수 있는 일이더구나.

다시 책으로 돌아갈까? 친구가 떠난 후 41년, 아내는 자살하고 그도 늙어버린 지금 다른 대답은 더 이상 아무 의미가 없다는 것을 주인공은 안다. 그리하여 고통스러운 생의 마지막에 이르러 그는 이야기하고 있단다.

어느 날 우리의 심장, 영혼, 육신으로 뚫고 들어와서 꺼질 줄 모르고 영원히 불타오를 정열에 우리 삶의 의미가 있다고 자네도 생각하나? 그것을 체험했다면 우리는 헛되이 산 것이 아니겠지?

위녕, 모든 훌륭한 소설들이 그렇듯이 이 소설은 어떤 결론도 내리지 않고 소설 자체를 하나의 커다랗고 아름다운 질문으로 독자에게 통째로 던진다. 너에게는 열정이 있니? 진정 심장을 태워도 좋을 만한 그런 열정이 있다면 너는 젊다. 그러나 네가 이력서와, 사람들이 이미 그렇다고 여기는 모든 것들을 아픔 없이 긍정하고 만다면 너는 이미 늙거나 영원히 젊을 수 없을지도 몰라. 사랑하는 딸, 도전하거라. 안주하고 싶은 너 자신과 맞서 싸우거라. 그러기 위해 너는 오로지 너 자신이어야 하고 또 끊임없이 사색하고 네 생각과 말과 행동의 배후를 묻고 또 읽어야 한다. 쌓아 올린 네 건물이 어느 날 흔적도 없이 무너지는 기분이 든다 해도, 두려워하지 말아라. 생각보다 말이야, 생은 길어.

그리고 슬픔으로 얼굴이 창백해졌던 네 아름다운 친구에게도 전해주렴. '우리의 동경이 현세에서 이루어지지 않아도,

우리가 사랑하는 사람이 우리를 우리가 바라는 대로 사랑하지 않아도, 우리를 배반하고 신의 없게 굴어도' 삶은 어느 날 그것이 그래야만 했던 이유를 가만히 들려주게 될 거라고. 그날 너는 길을 걷다가 문득 가벼이 발걸음을 멈추고, 아하, 하고 작은 미소를 지을 수도 있다고. 그러니 두려워 말고 새로이 맑은 오늘을 시작하는 것이라고 말이야.

그러고 나면 너희들 모두에게 어느 순간 생이 생 전체로 모든 질문에 대답하고 있는 날이 올 거야!

오늘이 그 첫날이었으면 좋겠다. 엄마도 오늘은 수영을 하는 첫날이 되면 좋겠고.

자, 오늘도 좋은 하루!

사랑은
아무도 다치게
하지 않는다

신기하게도 진심을 다한 사람은 상처받지 않아.

후회도 별로 없어. 더 줄 것이 없이 다 주어버렸기 때문이지.

후회는 언제나 상대방이 아니라 자신을 속인 사람의 몫이란다.

참 이상하지 위녕, 이상하게 똑같은 일 년인
데 어떤 특별한 날이 있다. 일 년에 하루뿐인 어떤 날. 엄마는
며칠 전 그날을 느꼈단다. 너는 어땠니? 으음, 말하자면 여름
이 가을에게 한 갈피 자리를 내주는 날, 무성하게 피었던 벚
꽃들이 바람도 없는데 일제히 떨어져 내리는 그날, 어렵게라
도 나무에 붙어 있던 마른 이파리들이 갑자기 일제히 손을
놓고 거리를 뒤덮는 날 그리고 엄마가 이야기하는 며칠 전 같
은 날. 말하자면 습하고 무더웠던 공기 속으로 마르고 서늘
한 바람 한 줄기가 스며드는 날. 그날은 실은 일 년에 단 하루
뿐이라는 걸 너는 아니? 엄마는 며칠 전 어느 깊은 밤, 길거
리에 서서 이 바람을 느꼈다. 마침 어디선가 귀뚜라미가 울고
있더구나.

사람의 일생에도 이런 날이 있단다. 마음의 한 곳으로 한
방향으로 불어대던 바람의 결이 바뀌는 그런 날. 그건 좋을

수도 있고 나쁠 수도 있겠지. 갑자기 누군가의 얼굴이 커피 잔에도 둥실 떠오르고, 그 사람이 길거리 여기저기를 걸어다니고 있으며, 울리지도 않는 전화벨을 들여다보며 진동으로 해놓았나 확인하는 그런 날도 있겠지. 나를 사랑한다고 믿었던 사람이 실은 나를 하찮은 존재로 이용하고 있다는 듯한 느낌이 들 때도 있고, 혹은 그 반대로 내가 누군가를 그렇게 여기고 있는 걸 느껴버리고 소름이 돋도록 자신이 싫어지는 날도 있겠지. 싫다고 비명을 지르고 싶지만, 이별의 시작이 한줄기 바람결처럼 두 사람 사이로 스며드는 날들이 있을 거고 말이야.

너는 어느 날 엄마와 밤에 거실에 앉아서 네가 한때 많이 좋아했고, 이제는 네 곁에 없는 어떤 사람에 대해 조용히 이야기를 시작했단다.

"엄마 사랑을 하면 어떤 심정이야?"

네가 묻길래 엄마가 대답했었잖아.

"응, 사랑을 하면 별이 한층 더 초롱거리고 달이 애잔하게 느껴지며 세상의 모든 꽃들이 우리를 위해 피어나는 것 같아."(물론 사랑이 시작될 때 한 세 시간의 이야기이긴 하지만 말이야.)

그러자 네가 대답했어.

"엄마 그 말이 맞는 거 같아. 내가 좋아하는 사람을 만나러 친구들을 불러내서 용기를 내어 그 사람 시골 동네에 갔는데, 그 사람이 나오겠다고 하는 거야. 공원에서 친구들과 기다리며 가슴이 두근두근하는데 하늘의 별들이 왕방울만 하게 떠 있는 거야. 그리고 별똥별이 수없이 강한 빛을 내며 하염없이 떨어지고 있었어. 내가 친구들에게 말했지. 나 정말 가슴이 이상해. 별이 너무 아름답고 영롱해. 그러자 친구들이 나와 하늘을 번갈아보더니 말했어. 정신 차려 위녕, 여기 공군 비행장 근처야."

그래, 우리가 언제 또 공군 비행기를 별이라고 착각하겠니. 언제 또 그렇게 예쁜 착각을 하겠니? 사랑은 그런 것일까? 엄마가 책에서 보니까 사랑을 연구하는 학자들에 의하면 눈이 멀어버려서 사리 판단이 안 된다는 측과 오히려 눈이 밝아져서 남들이 못 보는 상대방의 장점들을 본다는 측으로 갈라져서 오랜 세월 논쟁하고 있던데, 엄마는 솔직히 아직은 다 몰라. 다만 미당 서정주가 쓴 시는 기억하고 있어. 순이를 사랑하게 된 날부터 길거리에 수많은 순이가 걸어 다닌다는 그말, 말이야.

네 이야기를 들으며 엄마는 스무 살 시절 여름을 생각했단다. 아마 네 아빠를 만날 무렵이었을 거야. '사랑을 하고 싶어'라고 친구들과 이야기했지만 실은, '사랑을 해야만 해'라는 바보 같은 생각을 하며 시집을 끼고 다니던 시절이었던 것 같아. 그때 엄마는 이 세상의 모든 가치들을 '이 돈이면 시집이 몇 권일까?'라는 기특한 척도로 세고 있었지. 물론 그 후로는 생맥주가 몇 잔일까로 바로 전환되고 말았지만 말이야. 그리고 생맥주가 몇 잔일까로 척도가 바뀌던 무렵에는 버스를 타면 유행가들이 명시구절처럼 들려오곤 했었지. 아마 그때 엄마는 생각했던 거 같아. '사랑은 아픈 거라는 그 말이 정말이었구나!' 하고.

하지만 위녕, 엄마는 지금 그렇게 생각하지 않아. 사랑은 누군가를 아프게 하는 게 아니란다. 사랑은 아무도 다치게 하지 않아. 다만 사랑 속에 끼워져 있는 사랑 아닌 것들이 우리를 아프게 하지. 누군가 너를 사랑한다고 하면서 너를 아프게 한다면 그건 결코 사랑이 아니란다. 사랑이 상처를 허락한다는 엄마의 말은 속수무책으로 상처 입는다는 말이 아닌 것을 너도 알 거야. 상처를 허락하기 위해서는 상처보다 너자신이 커야 하니까. 허락은 강한 자가 보다 약한 자에게 하는 거니까 말이야.

엄마는 아직도 고속도로 휴게소에 가면 이상한 기억에 가슴이 아릿해져. 언젠가 엄마가 사랑했던 사람이 남겨준 기억이란다. 그는 엄마에게 늘 불친절했어. 약속시간에 늦었고, 자주 약속을 취소했고, 하염없이 엄마를 기다리게 했지. 엄마는 사랑에 몹시 미숙했던 사람이었기 때문에 그가 하는 행동이 아니라, 그가 하는 말을 믿었고, 그래서 가끔, '정말일까? 사랑한다면 어떻게 이럴 수 있을까?' 하고 의심하고 있는 나 자신을 나무라곤 했었지. 미안하지만, 그래도 어리석었던 엄마의 젊은 날을 좀 더 들어주렴.

그 사람이 했던 행동 중의 하나가 함께 여행을 할 때 고속도로 휴게실에서 남·녀 각각 화장실에 가면(대개 여자가 늦게 나오기 마련이잖아) 사라져버리곤 하는 거였어. 엄마는 그가 당연히 화장실에서 늦게 나오는 줄 알고 거기 서서 하염없이 그를 기다리곤 했단다. 그러면 그는 그동안 벌써 볼일을 마치고 나와 혼자 커피를 마시거나 신문을 사서 읽거나 했단다. 그러곤 말하곤 했지, 그렇게 센스가 없냐고, 왜 그렇게 행동이 굼뜨냐고.

요즘에야 이런 일이 일어난다면, 엄마는 조용히 마음속으로 외치겠지, '음, 다음 인터체인지에서 차를 돌려 서울로 가야겠군' 하고 말이야. 이 사소하고 작은 일을 기억하면 아직도 마음 한구석으로 엷은 면도날이 지나가곤 한단다.

늘 하는 이야기지만, 엄마에게 초점을 맞추어 이야기하면, 더 많은 남자들을 만났어야 했어. 결혼을 하기 전에, 아이를 낳기 전에, 그 사람이 더 이상 친구로서도 싫어지기 전에 말이야. 연애를 할 수도 있고, 그저 데이트를 할 수도 있고, 그저 친구로 남을 수도 있는 그런 많은 남자들을 만나지 않았던 어리석음 때문에 엄마는 결과적으로 많은 사람을 불행하게 했는지도 몰라. 심지어 한결같은 마음을 지녔다고 스스로 대견해하면서 말이야.

위녕, 누군가 널 아프게 한다면 그는 너를 사랑하고 있는 것이 아니다. 그가 군대에 가야 한다거나, 그가 공부를 위해 널 만나는 시간을 줄이거나, 학비를 벌기 위해 아르바이트 때문에 너와 함께 극장에 가지 못하는 그런 이야기를 하는 게 아니란 건 알겠지. 세상에는 의외로 남자건 여자건 사랑을 할 줄 모르는 사람이 많아. 이건 정말인데 어쩌면 엄마도 그런 부류의 사람이었는지도 모르지. 누가 자기를 사랑하는지 아닌지, 내가 이런 그의 행동을 좋아하는지 아닌지도 모르는 사람이 무슨 남을 감히, 사랑을 할 수 있겠니?

그러나 누군가 의도적으로 너를 아프게 하지 않고 네가 진정, 그 사람이 삶이 아픈 것이 네가 아픈 것만큼 아프다고 느껴질 때, 꼭 나와 함께가 아니어도 좋으니, 그가 진정 행복해지기를 바랄 때, 그때는 사랑을 해야 해. 두 팔을 있는 힘껏 벌리고 사랑한다고 말해야 하고, 네 힘을 다해 그에게 친절을 베풀어야 해. 하지만 명심해야 할 일은 우리는 언제나 열렬히 사랑하기에 문제를 일으키는 것이 아니라, 서둘러 사랑하려고 하기 때문에 문제를 일으키는 거야. 세 번 데이트를 하고 나서 그와의 십 년 후를 그려보는 마음은 엄마도 알아. 그러나 그건 그냥 마음인 거야. 왜냐하면 누군가 두 사람이 서로를 바라보고 호감을 가지고 그리고 열렬하게 서로를 알고 싶은 그런 기적은, 사람의 일생에서 정말 두세 번도 일어나지 않는 일이기 때문에 천천히 그리고 소중하게 다루어야 해. 어린 고양이 다루듯 신중하게 해야 하는 거야. 아무리 고양이지만 어린 고양이에게 큰 생선을 가져다가 먹으라고 할 수는 없잖아.

다만, 그 순간에도 언제나 정직해야 한다는 것은 잊지 마라. 언젠가 엄마의 소설을 읽고 네가 말했잖아. 헤어지고 나서 제일 후회가 되는 일은, 좋아한다고, 보고 싶었다고 말하지 못했던 일이라고 말이야. 수많은 연애 지침서들이 그 남자에게 애가 타도록 하라고 말하고 있지만, 그리고 남자들은 실제로 그런 여자들의 전략에 쉽게 애가 타기도 하지만, 그리하여 연애의 주도권을 잡고 친구들이 부러워할 정도로 문자와 전화가 울려오긴 하지만 글쎄, 누군가의 말대로 그건 연애에는 성공할 수 있는 전략인지는 모르지만 사랑에는 실패하는 일이야. 네 목표가 연애를 잘하는 것이라면 그런 책들이 유용하겠지만 네 꿈이 누군가와 진정으로 사랑하는 일이라면 그건 좋은 방법이 아닌 것 같아. 엄마가 말했잖아 진정한 자존심은 자신에게 진실한 거야. 신기하게도 진심을 다한 사람은 상처받지 않아. 후회도 별로 없어. 더 줄 것이 없이 다 주어버렸기 때문이지. 후회는 언제나 상대방이 아니라 자신을 속인 사람의 몫이란다. 믿는다고 했지만 기실 마음 한구석으로 끊임없이 짙어졌던 의심의 그림자가 훗날 깊은 상처를 남긴단다. 그 비싼 돈과 그 아까운 시간과 그 소중한 감정을 낭비할 뿐, 자신의 삶에 어떤 성장도 이루어내지 못하는 거지.

더 많이 사랑할까 봐 두려워하지 말아라. 믿으려면 진심으로, 그러나 천천히 믿어라. 다만, 그를 사랑하는 일이, 너를 사랑하는 일이 되어야 하고, 너의 성장의 방향과 일치해야 하고, 너의 일의 윤활유가 되어야 한다. 만일 그를 사랑하는 일이 너를 사랑하는 일을 방해하고 너의 성장을 해치고 너의 일을 막는다면 그건 사랑을 하는 것이 아니라, 네가 그의 노예로 들어가고 싶다는 선언을 하는 것이니까 말이야.

엄마가 알던 한 친구는 언제나 섹시한 옷차림이 아슬아슬 매력적인 사람이었는데, 집요하게 쫓아다니던 한 남자와 사귀기로 결정하더니 변하기 시작했어. 그 남자의 요구대로 수수한 옷을 입기 시작하고 곱슬거리던 머리카락도 폈지. 사랑의 힘은 정말 대단하지? 그러나 그 대단한 사랑은 얼마 못 가 그 친구의 참담한 패배로 끝나버렸단다. 그 친구를 쫓아다니던 그 남자에게 그 친구는 더 이상 그가 쫓아다니던 그녀가 아니었거든. 확인할 수 없는 풍문에 의하면 그 남자는 다시 가슴이 거의 보일 듯이 파진 옷을 즐겨 입고 무릎 위로 30센티미터 이상 올라오는 옷을 입기로 유명한 어떤 여자를 쫓아다닌다고 하더라고.

엄마는 가끔 문태준이란 사람의 시집을 읽어. 네가 예전에 좋아하던 사람을 이야기하던 날도 그랬지.

늘 어려운 일이었다. 저문 길 소를 몰고 굴을 지난다는 것
은. 빨갛게 눈에 불을 켜는 짐승도 막상 어둠 앞에서는 주
춤거린다.

작대기 하나를 벽면에 긁으면서 굴을 지나간다.

때로 이 묵직한 어둠의 굴은 얼마나 큰 항아리인가. 입구
에 머리 박고 소리 지르면 벽 부딪치며 소리 소리를 키우듯
이 가끔 그 소리 나의 소리 아니듯이 상처받는 일 또한 그
러하였다.

한 발 넓이의 이 굴에서 첨벙첨벙 개울에 빠지던 상한 무
르팍 내 어릴 적 소처럼 길은 사랑할 채비 되어 있지 않은
자에게 길 내는 법 없다. 유혹당하는 마음조차 용서하고 보
살펴야 이 굴 온전히 통과할 수 있다. 그래야 이 긴 어둠 어
둠 아니다.

사랑할 채비가 되어 있지 않은 사람에게 길 내는 법 없는
사랑을 위해, 엄마는 오늘도 네가 사랑할 채비를 갖추길 바
랄 뿐이야. 그건 너 자신을 더 키우는 일, 너 자신에게 노력하

는 시간을 내주는 일, 읽고 쓰고 생각하고 그리고 길거리에서 길을 묻는 누군가에게 친절한 것 말이야. 그러고 나서 네가 진정한 사랑을 하는 걸 보면 엄마는 어떤 기분일까. 기쁘기만 하진 않을 거야. 얼마간 혹시 또 네가 상처 입을까 걱정할 거고, 혹은 얼마간의 너를 잃고 사랑을 빼앗기는 기분이 들지도 몰라.

위녕, 좋은 시는, 좋은 문학작품은, 아니 좋은 예술은 우리를 잠시 멈추게 한다. 잠시 멍청하게 만들고 잠시 망연하게 만든다. 그 시간은 마치 큰 징이 울리는 것처럼 우리 존재를 존재로서 온전히 느끼는 순간, 엄마의 팔뚝보다 작던 네가 엄마보다 키가 큰 딸로 자라나는 동안 마치 큰 징이 한 번 느리게 울리는 순간으로 엄마도 너와 나의 함께한 생을 돌아다보겠지. 이런 돌아봄을 이끌어내는 일은 얼마나 위대하니. 아마네가 사랑을 할 때쯤 엄마에게 그런 징 소리가 울려올까? 네가 사랑을 할 때쯤.

위녕, 낮에는 불볕이 내리쬐지만 아침저녁으로는 풀벌레 소리하고 잘 어울리는 바람이 분다. '친구여 다시 가을이다'라는 김명인 시인의 시가 생각나는구나. 그때 엄마도 이 구절만 보아도 눈물이 핑 돌던 소녀였는데……. 네게 다시 들려주고 싶은 시가 있다.

「어느 날 내가 이곳에서 가을 강처럼」이라는 시야.

　내 몸을 지나가는 빛들을 받아서 혹은 지나간 빛들을 받아서
　가을 강처럼 슬프게 내가 이곳에 서 있게 될 줄이야
　격렬함도 없이 그냥 서늘하기만 해서 자꾸 마음이 걸리는 그런 가을 강처럼
　저물게 저물게 이곳에 허물어지는 빛으로 서 있게 될 줄이야
　주름이 도닥도닥 맺힌 듯 졸망스러운 낮빛으로 어정거리게 될 줄이야

　위녕, 언젠가 너와 밤에 맥주를 홀짝거리면서 신경림 시인의 「목계 장터」 외우기 내기를 하던 게 지난여름이었던가. 그때 '아흐레 나흘 찾아 박가분 파는 가을볕도 서러운 방물장수'라는 구절을 두고 우리 밤늦도록 이야기하던 거 기억나니? 그때 함께 시를 이야기할 수 있는 딸을 둔 엄마는 정말

행복했단다.

위녕, 강원도 시골집에 네가 말한 왕방울만 한 별들이 떴다. 엄마도 사랑을 하는가 봐. 저 별이 왕방울만 하게 보이니까 말이야. 그리고 그립단다. 이제는 각자의 약속 때문에 엄마를 따라 더 이상 이곳에 오지 않으려고 하는 너희들의 얼굴이 별들 속에 떠 있어. 참, 그리고 여기도 비행기가 별처럼 반짝이며 지나간단다.

가을에는 바닥이 잘 보인다.
그대를 사랑했으나 다 옛일이 되었다.
나는 홀로 의자에 앉아
산 밑 뒤뜰에 가랑잎 지는 걸 보고 있다.

위녕, 시골집의 고요 속에서 해가 지는데 어디선가 긴 징소리가 울리는 듯한 환청을 엄마는 느낀다. 엄마는 슬프고 기쁜 사랑들을 했다. 그러나 사랑했던 기억은 엄마를 따뜻하게 한다. 엄마를 후회하게 만드는 것은 사랑이 아니라 아마도 욕심과 집착과 질투 그리고 미움 같은 것들이었어. 이제 엄마의 나날은 이렇게 저문다. 그게 꼭 젊은 너희들의 상상처럼 나쁜 것은 아니야. 때로는 쓸쓸함 속에서 지난날을 떠올리며 유혹당하고 상처받았던 나 자신을 용서하고 다독이며 위로하는 것도 또 다른 사랑의 일부니까 말이야. 엄마 없는 동안 문단속 잘하고 우리는 그리운 낯빛으로 다시 만나자. 시골에는 수영장이 없으니…… 원…….

자, 오늘도 좋은 하루!

해야 한다는
성명서

"당신이 그를 사랑한다고 해서,
그가 왜 꼭 당신을 사랑해야 합니까?
당신이 그에게 헌신하고 잘해주었다고 해서
그가 왜 꼭 그것을 알고 거기에 보답해야 합니까?"

　　　　　　'해야 한다는 성명서'는 이런 내용을 포함하고 있다. 우리 어머니는 내가 필요할 때 정서적인 위안을 줄 수 있어야 한다. 우리 아버지는 내가 하는 스포츠에 관심을 가져야 하고 내가 뛰는 경기에 참석해야 한다. 우리 아들은 내가 뭘 사 주든지 고마워해야 한다. 우리 딸은 결혼식 계획에 내가 깊이 관여하기를 원해야 한다. 우리 며느리는 친정 식구들과 보내는 것만큼 우리와 함께 휴일을 보내야 한다. 나의 상사는 내가 얼마나 열심히 일하는지 알아야 하고 내가 승진하도록 힘써줘야 한다. 우리 오빠는 연로하신 부모님과 더 많은 시간을 보내야 한다. 내 여동생은 내 생일에 전화를 해야 한다. 이웃 사람들은 동물을 자기 집 울타리 안에서만 키워야 하고 내가 시비 거는 것을 당연히 여겨야 한다.

위녕! 정말 가을이구나. 여름이 좀 지겨워지고 있었는데 막상 찬바람이 부니까 왠지 기분이 이상하구나. 뭐랄까 여름에게 아직 좀 하고 싶은 말이 남아 있다고나 할까? 음, 그저 내 곁에, 내가 설사 그를 좀 지겨워하더라도 머물러줄 줄 알았던 친구가 내게 아무런 미련 없이 훌쩍 떠나버리고 만 그런 느낌이라고나 할까.

'해야 한다는 성명서'라는 재미있는 말은 엄마가 얼마 전 읽은 책 『어떻게 당신을 용서할 수 있을까』에 나오는 구절이야. 여행을 떠날 때 터미널이나 역 혹은 공항으로 가서 엄마는 보통 책을 몇 권 사곤 한단다. 여행하는 날수만큼 미리 책을 챙겨 가는데, 엄마의 불안증 때문에 왠지 또 서점으로 가곤 하는 거야. 거기서 책을 고르는 일은 읽을거리를 미리 준비해 가는 것과는 조금은 다른 느낌을 주지. 의외의 만남을 가지게 된다고나 할까. 평소라면 별로 손에 들지 않았을 책들을 사게 되니까. 이 책 역시 엄마가 여행지로 떠나기 전 터미널에서 우연히 손에 넣은 것이다. 그리고 기대가 별로 없었기 때문이었을까, 여행 내내 이 책의 구절들이 떠나지 않았어.

엄마가 위에 열거한 구절은 이렇게 이어진다.

대부분의 '해야 한다는 성명서'는 사람들에게 그들이 할 수 있는 것 이상의 것을 요구하기 때문에 실망을 준다. 누군가 자신의 엄격한 기준을 만족시키지 못했을 때, 자신의 비현실적 기대를 탓하는 것이 아니라 감정이 상해서 상대를 지목하고 그를 독선적으로 비난한다.

엄마가 이 구절들을 장황하게 늘어놓는 이유는 얼마 전 너와 나의 말다툼 이야기를 하고 싶었기 때문이란다. 그때 너는 누군가를 비난하면서 '선생님답지 못하게 내게 이야기했다'고 투덜거렸고, 엄마는 바로 '너 역시 학생답지 못하게 공부를 하지 않고 있다'고 맞받았고, 그때 너는 '엄마답지 못하게 딸을 격려하지 않는다'고 화를 냈지.

누구'답다'는 것과 그것으로부터 자유로워지는 것의 경계는 마치 살아 있는 한 사람을 다루듯 늘 어렵고 움직이는 것이라는 것을 엄마는 생각했다. 말하자면 그것은 어떤 고정체가 아니라 늘 수백만 가지의 경우와 기분과 감정 그리고 사려 깊음에 의해 결정되어야 한다는 것을.

이 책은 다른 말로 우리에게 어떤 경종을 울리고 있단다.

이런 경향을 고치기 위해 당신은 그 규칙들이 정확히 자신의 규칙이라는 것을 깨달아야 한다. 그 규칙들은 당신의 도덕성과 욕구와 가치관을 나타낸다. 다른 사람들은 거기에 동조할 필요가 없다. 사람들의 방식이 달라야 한다고 주장할 때, 당신은 틀림없이 좌절과 고통을 맛보게 되어 있다.

언젠가 불가에서 하는 수행에 대한 책을 읽은 적이 있었어. 여름휴가 동안 직장인들이 선사에 모여서 수행을 하는 것이었어. 그때 한 사람씩 불러 세운 다음 스님이 묻는다. 당신은 어떻습니까? 그러자 참가자가 대답한다.

"예, 불행합니다."

"왜 불행하지요?"

스님이 묻자 참가자가 대답하지.

"아내가 불륜을 저질렀습니다."

위녕, 말하자면 이건 그냥 예야. 이런 식으로 대화는 시작된다. 그런데 말이야. 아내가 불륜을 저질렀으면 불행한 건 너무 당연하잖아. 그런데 스님은 물으셨어.

"그런데 왜 불행합니까?"

아마 글을 읽는 엄마보다 참가자가 더 당황했겠지. 그는 식은땀을 흘리고 더듬거리며 대답한다.

"예, 배신을 당했기 때문입니다."

"그런데 배신을 당하면 불행합니까?"

이쯤에 이르러서는 좀 너무하다 싶은데 스님은 더 밀어붙이시더라.

"배신당하면 불행합니까? 왜 그렇습니까?"

질문은 계속된다. 왜, 왜, 왜, 우리 같으면 '……아아 그래서 힘드시겠군요' 하는 심리학의 기본 요소인 인정과 수용이란 없다. 그게 뭐? 그게 왜? 하고 묻는 거지. 참가자들은 (대개는 중년의 아저씨들이거나 아줌마들인데) 결국 울음을 터뜨리고 마는 거야. 그리고 엄마도 깊은 충격 때문에 책장을 느리게 넘기고 있었다. 엄마도 언젠가 어떤 지혜로운 이에게 그런 물음을 들은 적이 있었어.

"당신이 그를 사랑한다고 해서, 그가 왜 꼭 당신을 사랑해야 합니까? 당신이 그에게 헌신하고 잘해주었다고 해서 그가 왜 꼭 그것을 알고 거기에 보답해야 합니까?"

그 화가 나고 인정할 수 없는 아픈 질문은 엄마의 마음을 수술용 메스로 부욱 긋는 것 같았고, 그리고 그 안에서 울화와 분노의 고름들이 새어 나왔다. 엄마는 사람과의 관계에서 아주 힘이 들 때 그 질문을 생각한다. 참 이상하지? 그 잔인한 질문이 얼마나 위안이 되는지 말이야.

위녕, 또 가끔 사람들은 말하지. '인생에서 상처받은 사람들이 한둘이야?' 엄마는 이런 어법을 아주 싫어한다. 암으로 죽어가는 사람이 있다고 해서 너의 후두염이 경시받아도 된다는 뜻은 아니니까. 인생은 고통 콘테스트가 아니잖아. 엄마의 고통도 너의 고통도 모두가 존중받아야 하니까. 하지만 위녕, 이 책을 빌려 네게 전해주고 싶은 말이 있어.

만일 불쾌한 기분이 되살아나고 얻는 것이라곤 없는 낡은 생각들을 되풀이하고 있다면 다른 곳으로 관심을 돌리도록 노력하라. 부드럽고 열정적인 목소리로 친구에게 이야기하듯 자신에게 이렇게 말해보라. '그만! 내 손을 잡아. 여기서 나가자. 더 신나고 재미있는 일이 없을까?'

고통에, 고뇌에 너무 많은 시간을 내주지는 말자. 대신 하늘을 향해 한번 기도하렴. 현명하게 처리할 수 있게 도와달라고. 그리고 잠시 다른 일을 하는 거야. 엄마랑 수영을 하든가 말이야. 음, 오늘 네가 간다면 엄마도 수영을 가보려고 하니까.

자, 오늘은 오늘만을 데리고 온다. 그러니 오늘도 좋은 하루!

누구'답다'는 것과
그것으로부터 자유로워지는 것의 경계는
마치 살아 있는 한 사람을 다루듯 늘 어렵고
움직이는 것이라는 것을 엄마는 생각했다.

우리 생에
정말 필요한 것은
무엇일까?

사랑은 사람을 품위 있게 살게도 하고
품위 있게 죽게도 하는 그런 신비한 것.

위녕, 1997년 9월 5일. 아직 한여름의 더위가 가시지 않은 날 아침, 신문은 지구상에서 가장 유명한 두 여인이 동시에 세상을 떠났음을 알렸다. 한 사람은 영국의 황태자비였던 다이애나였고 한 사람은 인도 콜카타에서 살았던 겨우 50킬로그램도 나가지 않는 작은 여자였지. 하필이면 왜 두 사람이 같은 날 세상을 떠났는지 그 이유는 하느님만이 아시겠지만 엄마는 하루 종일 두 여자의 삶을 생각하고 있었던 것을 기억한다.

네가 아직 어려서 알까 모르겠는데 다이애나 황태자비는 엄마보다 한 살이 많은 왕비. 영국의 찰스 황태자와 이혼을 하고도 아직도 프린세스라는 칭호를 받고 있으니 그야말로 공주님이지. 그녀는 귀족 가문에서 태어나 귀족들이 받는 교육을 받고 그리고 찰스라는 영국 왕실의 황태자에게 시집을 간다. 그 결혼식은 전 세계에 생중계되었어. 엄마도 엄마보다

겨우 한 살 많은 그녀의 결혼식을 TV에서 보았어. 진주가 듬
뿍 흩뿌려졌던 그 아이보리색 웨딩드레스가 아직도 기억난
다. 그때 엄마의 나이 스물이었는데 다이애나까지는 아니더
라도 엄마도 저렇게 아름다운 드레스를 입고 결혼할 거라고
믿고 있었어. 그리고 내 앞에 찰스처럼 저렇게 나이가 많지는
않지만 왕자 같은 남자가 나타나게 해달라고 기도하고 있었
지. 그 넓은 캠퍼스에 남학생들은 득시글거리는데 데이트 신
청하는 사람은 하나도 없고 설사 어쩌다 그런 사람이 가뭄
에 콩 나듯이 생겨도, 누구에게 '얘 쟤가 나에게 데이트 신청
했다'고 말할 수도 없는 그런 사람들이었지. (그중 몇을 20년
후에 만나보니까 어쩌면 그렇게 멋있는 남자들이었는지. 그래도 엄
마는 후회는 안 하기로 결심했어. 왜냐구? 후회하면 마음만 아프
니까.)

　그리고 다이애나는 잘생긴 사내아이를 둘이나 낳는다. 엄
마도 결혼을 했고 아이를 낳는다. 그런데 엄마가 삶에 대해
겸손해질 무렵 그녀의 이야기들도 심상치 않게 들려오기 시
작했어. 자살을 두 번이나 기도하고 우울증에 걸리고 그리고
섭식장애로 인해 폭식증 치료를 받고 있다는 그런 이야기들
말이야. 아름답고 키 크고 돈 많고 유명하고 그런 여자가 왜

그런 일들을 저질렀는지 알 수 없다고는 이제 말 안 해. 아무리 불행해도 좋으니까 돈만 많아봤으면 좋겠다는 것도 함부로 할 이야기는 아니지.

그 여자가 세상에서 가장 아름다운 도시 중의 하나인 파리에서 연인과 함께 교통사고로 사망한 그날, 지구 반대편 어느 모퉁이 세상에서 가장 가난하고 더러운 도시 중의 하나인 콜카타에서 보톡스 한번 맞아볼 생각이 없이 얼굴이 말린 사과처럼 쭈글쭈글한 노수녀 한 분이 죽었단다. 그 쭈글쭈글한 수녀가 바로 마더 데레사. 혼돈과 무관심과 약탈이 합법적으로 일어나는 듯했던 20세기를 뜻밖에도 따뜻함과 성스러움으로 밝혔던 여자. 중세의 책 속에서가 아니라 우리가 날마다 틀어놓은 텔레비전 속에도 성녀라는 존재가 있다는 것을 알게 해준 그 여자 말이다.

마더 데레사에 관해서 엄마는 몇 종류의 책을 읽었고 그리고 영화도 보았다. 엄마가 열여섯 살 때(와우, 엄마에게 열여섯이었던 때가 있었다니까 글쎄) 레너드 화이팅과 함께 로미오와 줄리엣으로 분해서 우리를 질투하게도 동경하게도 만들었던 올리비아 핫세가 나이가 많이 들어 마더 데레사의 역할을 하는 것도 흥미로웠던 그런 영화였지. 구부정하게 허리를 굽히고 인도의 거리를 걷던 두 아름다운 여자(올리비아 핫세와 실제의 마더 데레사)는 아름다움이라는 것이 얼마나 다채로운가 하는 뜻밖의 감동을 엄마에게 주기도 했단다. 엄마가 이번에 집어 든 책은 『소박한 기적』이라는 책이었어. 주로 가톨릭 계통의 출판사에서 내놓은 책들을 읽다가 이번에는 일반 출판사에서 책을 냈길래 어떻게 다를까 하고 읽게 되었단다.

너도 알다시피 인도의 마더 데레사는 수녀가 되어 고등학교 여선생으로 복무하던 어느 날 여행길에서 '목이 마르다'라는 예수의 목소리를 듣고 빈민들을 위해 일할 것을 결심하게 된다. 가르치는 일 와중에 병원에서 잠시 봉사를 하기도 했는데 어느 날 한 남자가 무엇을 안고 왔다.

바싹 마른 나뭇가지 같은 게 삐져나와 있었다. 자세히 보니 죽어가는 소년의 여윈 다리였다. 남자는 수녀들이 받아주지 않을 거라 생각했는지, '당신들이 이 아이를 원하지 않는다면 풀밭에 내던져버리겠소. 그러면 자칼이 좋아하겠지'라고 말했다. 데레사 수녀는 연민의 감정이 물밀듯 밀려와, 앞도 보지 못하는 가련한 그 아이를 팔에 안고 앞치마로 감쌌다. 그러자 예상치 못한 기쁨으로 마음이 벅차 올랐다.

위녕, 이것이 현대의 한 세기를 뒤흔든 성녀의 조그마한 시작이었다. 그가 그리스도교도이든 힌두교도든, 그가 자유주의자이든 공산주의자이든 모두가 한 인간임을 확인시켜준 그 성녀의 시작이 이토록 사소하고 작은 기쁨에서 비롯되었구나. 데레사는 그 아이를 감싼 이후로 알게 된단다. 사람들에게 진정 필요한 것은 빵이 아니라, 사랑받고 있다고 느끼는 것이라는 것을. 설사 우리가 손쓸 수 없는 병에 걸렸다 해도 그들이 사랑받고 존중받고 있다고 느낄 때 그들은 인간의 존엄을 가지고 행복하게 눈을 감는다는 것을 말이야.

그리하여 그녀는 쓰레기 더미에서 음식 부스러기를 얻기 위해 길거리 개들과 다투는 사람들, 짐승처럼 길거리에 누운 채 죽어가는 사람들, 더러운 옷 뭉치처럼 길가에 누워 개미와 구더기 그리고 쥐들에게 물리면서 죽기를 기다리는 사람들을 위해 일한다. 그들 모두는 그녀에게 있어 예수와 같은 존재. 이쯤 되면 여러 사람들 때문에 억울하게 욕을 먹고 있는 예수도 칭찬을 받게 되지 않을까?

하지만 우리들이 상상하는 것처럼 마더 데레사가 착하다고 해서 그녀의 행위가 처음부터 칭찬을 받은 것은 아니야. 그런 일을 한다고 모든 사람이 그녀를 처음부터 지지했던 것은 더더욱 아니지. (엄마가 살면서 가장 힘들었던 부분들이 바로 이 부분이라고 할 수도 있지. 앞으로 네가 힘들게 헤쳐나가야 할 그런 부분이기도 하고 말이야.) 뜻밖에도 콜카타에서 평생을 가난한 사람들을 위해 헌신하겠다는 마더 데레사의 결심은 가난한 사람들을 위해 일해야 할 가톨릭 내에서 가장 먼저 반대에 부딪힌다. 이유? 무슨 일에서든 반대해야 할 이유는 만들면 만들수록 많아진단다. 그래서 그 이유는 많지. 그때 데레사 수녀에게 내려진 반대 이유는 유럽 여자가 인도의 빈민굴에서 일하는 것은 너무 위험하다는 것이었단다.

가끔 엄마는 생각해. 모든 위인은, 다시 말해 모든 훌륭한 사람들은 적어도 자신의 시대에는 모두가 진보의 편에 서 있어. 생각해 봐. 이미 있는 것을 지키려고 하는 보수의 편에 서서, 이미 있는 권력을 강화하는 것이 인류의 발전에 무슨 도움이 되겠니? 그러니까 역사는 그런 이들을 기억하지는 않는 거지. 어쨌든 마더 데레사 수녀님은 많은 고생과 반대 속에서 마음 아픈 시간들을 보낸다. 하지만 또 재미있는 것은 이런 곳에서 평생 동지들도 나타난다는 거야. 그래서 겨우 네 사람의 수녀가 겨우겨우 윗분들의 눈치를 보아가며 (무슨 잘못된 일을 하는 것처럼) 이 일을 시작한단다.

그때 마더 데레사는 거의 20년 동안 입어온 수도복을 벗어 버리고 파란 줄무늬가 있는 사리를 입는다. 요즘 우리가 마더 데레사 하면 떠오르는 그 푸른색 수녀복 말이야. 그것은 콜카타에서 청소부로 일하는 여자들이 입던 옷이라고 하더라. 청소부도 우리 식으로 빌딩에서 일하는 깔끔한 청소부 아줌마가 아니라, 콜카타의 집집을 매일 찾아다니며 집집이 널려 있는 똥과 오줌을 모아 버려주는, 더 낮을 수 없는 사람들이 입는 그런 복장이었다고 해. 그런데 마더 데레사가 창설한 수녀회의 수녀님들은 이 옷조차도 많이 가지고 있지 않았단다. 그들은 평생 자기 것이라고 부를 수 있는 것을 네 가지 가지고 있는데 묵주와 십자가, 접시와 사리 세 벌(두 벌은 평상복이고 한 벌은 행사 때 입는 것)이 그것이지. 전화도 물론 없고 선풍기조차 없다. 그런데 그 수녀님들은 어머니에게 버림받은 아기들을 돌보면서 말하는 거야.

우리들은 가진 게 아무것도 없지만 이 아이들을 돌볼 수 있습니다. 이것이 기적이 아니고 무엇입니까?

수녀님들은 죽어가는 환자가 원하는 대로 힌두교도들에

게는 갠지스 강의 강물을 떠서 입에 발라주며 임종을 지켜
주고 이슬람교도에게는 이슬람교도의 방식대로 임종을 해준
다. 그러면 길거리에 버려져 반쯤은 쥐와 구더기에게 먹혀가
고 있던 사람들의 얼굴에 미소가 떠오르고 그들은 말하곤
했다는 거야.

나는 평생 더러운 짐승처럼 거리에서 살았습니다. 하지
만 지금은 천사처럼 영원한 고향으로 가고 있습니다.

가끔은, 특히 책이 가지는 이점이지만, 잠시 책장을 덮고
마음을 추스르기 위해 멈추어야 할 때가 있지. 엄마는 이 구
절을 읽다가 그랬다. 이것이 기적이라고. 버림받은 아이들을
안고 기뻐하는 수녀님들의 모습을 그려보면서, 평생 처음 사
람 대접을 받았다고 기뻐하며 죽는 사람들을 그려보며 천사
들에게 과연 꼭 그렇게 희고 때 타기 좋은 날개가 있을 필요
가 있을까 하는 생각을 했단다. 너는 천사가 꼭 날개를 가지
고 있어야 한다고 엄마에게 우기지만 말이야.
이런 기적은 기적을 낳는다. 어느 해 질 무렵 수녀님들은
문 두드리는 소리를 듣는다.

나가 보니 헐벗은 나환자가 추위에 떨고 있었다. 마더 데레사는 즉시 음식과 담요를 내주었다. 그런데 그 가난한 나환자가 진지하게 말했다.

"수녀님, 오늘 제가 여기 온 것은 뭔가 얻기 위해서가 아닙니다. 사람들이 말하기를, 수녀님이 어디선가 큰 상을 받았다고 하더군요. 그래서 오늘 제가 구걸해서 번 돈을 선물로 드리기로 마음먹었습니다. 수녀님 비록 약소하지만 제 선물을 받아주십시오."

참고 참았는데 이 헐벗은 나환자가 결국 엄마를 울리고 말았지. 정말 그럴 수 있을까? 이 이야기는 정말일까? 그래, 하지만 우리는 안다. 그럴 수 있다는 걸. 인간에게는 가장 잔인한 악마로부터 가장 숭고한 신의 모습까지가 다 들어 있어, 언제든 자신의 의지에 따라 그 무엇이든 꺼내 보일 수가 있다는 걸.

위녕, 마음이 아프고 세상의 모든 것이 허무하게 느껴지는 저녁이 가끔 네게 있니? 모든 사람에게 버림받은 것 같고 사랑도 믿을 수 없을 것 같은 때가 있지? 그때 네게 필요한 것은 어쩌면 따스한 위로. 그런데 위녕, 그런 날 너의 위로를 필요로 하는 엄마 잃은 고아원의 작은 아이, 가난한 노숙자에게 밥 한 그릇 퍼주는 위로를 한번 해보렴. 아니면 지하도를 건너는 길에, 춥고 배고픈 거지가 있다면 네가 가진 돈의 반만 떼어 줘보렴. 그 사람이 그걸 가지고 술을 사 먹거나 왕초에게 바치거나 아니면 또 약 같은 걸 복용하면 어떻게 하냐고? 그래 엄마도 젊은 시절 그런 걱정을 했었어. 그런데 유럽을 여행하는 동안 유럽인 친구들에게 충격적인 말을 들었단다. 내 바보 같은 질문에 그들은 너무도 간단히 대꾸하더구나.

"내가 돈을 주는 것은 내 일이고, 그다음은 그의 일, 그뿐입니다."

그 후부터 엄마 마음에도 변화가 일기 시작했지. 만일 네가 세상이 다 저물어버린 것처럼 쓸쓸하기만 할 때, 엄마가 말한 대로 한다면 너는 네 안에서 일어나는 기적을 보게 될 거야. 만일 그런 마음이 네게 일어나지 않는다면 엄마가 네게 만 원을 준다고 장담해도 좋아. (그리고 이 책을 읽는 누구든! 흠, 아니 선착순 열 명.)

위녕, 사랑이 필요한 것이 정말 그 죽어가는 인도인들뿐이었을까? 얼마 전 두 번째 결혼에마저 실패해서 자살을 기도하고 정신병원에 갇힌 미국의 그 유명한 여가수는 어떨까?

마약에 빠져버린 재벌가의 아들은? 너희들과 아빠가 있는 온전한 가정을 이루고 싶었던 엄마는? 그리고 가끔 몹시 서러웠던 너는?

얼마 전 너와 함께 보았던 텔레비전 프로그램이 기억나니? 그때 식도가 없이 살아온 스물몇 살의 처녀가 수술을 받는 과정을 우리는 함께 보게 되었지. 그 부모님은 그 아이의 위에 뚫린 구멍으로 죽 같은 것을 넣어주었고 그것으로 연명하고 있었어. 그들은 시골의 컨테이너에 살고 있었다. 당연히 수술 같은 것, 치료 같은 건 엄두도 못 내게 가난했지. 그때 엄마가 감동을 받은 것은 그녀의 아버지였다. 당연히 많이 배우지도 못한 것 같은 그분, 가난해서 어디서나 늘 허리를 굽신거려야 할 일이 많을 것 같은 그분. 방송국의 배려로 수술을 받게 된 딸을 따라다니는 그분의 얼굴에는 뜻밖에도 우리가 어떤 훌륭한 사람에게서도 잘 발견할 수 없는 품위가 어려 있었어. 놀라운 일이었다. 그 품위는 뜻밖에도 딸을 바라보는 그분의 진정한 사랑의 눈길에서 뿜어 나오고 있더구나. 사랑이 사람을 그토록 품위 있게 만드는 줄 엄마는 정말 그때 처음 알았다. 사랑은 사람을 품위 있게 살게도 하고 품위 있게 죽게도 하는 그런 신비한 것.

엄마는 다시 마더 테레사와 같은 날, 비운의 사고로 죽은 다이애나를 생각하게 된다. 그녀에게 정말 필요한 것은 '진주가 달린 드레스, 공주라는 칭호, 영국의 왕자인 남편이었을까' 하고. 우리 생에 정말 필요한 것은 무엇일까 하고.

위녕, 기적이 기적을 부르는 이 책을 너에게 주고 싶다. 세상은 참 살 만하다고 느끼게 하는 이런 기적들. 그런데 엄마가 오늘 수영을 하러 가는 기적은 일·어·나·기는 할까?

어쨌든, 오늘도 좋은 하루!

마음은
헤아릴 수 없이
외로운 것
오래전에 울린
종소리처럼

바람이 거세다는 사실보다 바람이 거세다는 사실을 받아들이는 일이

더 힘들다는 것을 엄마는 절감하며 산다.

사람이 저마다 외롭다는 사실보다

사람이 저마다 외롭다는 사실을 받아들이는 일이

더 힘든 것을 말이야.

위녕, 가을이 익어가고 있다. 어제는 태풍이 대한해협을 통과했다지. 태풍은 열대의 뜨거움을 강제적으로 온대지방으로 전달해내는 자연의 방식이라는데, 고여 터질 것 같은 열대의 정열이 온대지방으로 오면 거의 폭력으로 변한다는 사실을 엄마는 오래전에 한번 곰곰이 생각해본 일이 있어. 마음속의 압력들을, 사소한 분노들을, 실망감과 상처들을, 어쩌면 뜨거운 사랑까지도, 조금씩 처리하는 법을 익히지 않으면 그렇게 내 마음의 뜨거움들도 다른 이들에게 가서 폭력으로 변하지 않을까 함께 겁이 났었지.

이번 주말 엄마는 남해 금산에 다녀왔단다. 어릴 때는 동해바다의 그 광활하고 드넓은 기상이 좋았다. 아침에 버스를 타고 강릉에 가서 하루 종일 바다를 바라보다가 저녁에 서울로 돌아온 적도 많았지. 조금 더 시간이 지나자 서해 바다의 노을이 그렇게 좋더구나. 흐릿한 바다색도 좋았고. 노을을 보기 위해 무작정 차를 몰고 서해로 떠난 일도 많았지. 그런데 요즘 엄마는 남해 바다에 그리움을 두고 있단다. 둥글고 작은 섬들이 점점이 떠 있고, 배들이 오가는 호수 같은 그 바다 말이야. 이제는 바다가 바다 저 혼자 있지 않고 배들과 섬들을 안은 채 있는 게 좋아.

이상하지. 차를 몰아 남해를 건너가는데 금산이 보였어. 돌아와 엄마는 『남해 금산』이라는 이성복의 시집을 꺼내 들었다. 한 번도 만나본 일 없는 이 시인을 엄마는 이십 년째 흠모하고 있었다. 물론 그분의 시를. 그러나 시도 사람 속에서 나오는 것, 그분을 만나 혹여 내가 생각하던 그 사람이 아니라 해도 엄마는 아마 존경을 멈추지는 않을 거야. 가을이기 때문이었을까, 엄마는 새삼 소녀처럼 외로움이라는 단어를 많이 생각하고 있었는데, 여기 이런 시가 엄마의 가슴을 건드리고 지나갔어.

마음은 헤아릴 수 없이 외로운 것
떨며 멈칫멈칫 물러서는 산 빛에도
닿지 못하는 것
행여 안개라도 끼이면

길 떠나는 그를 아무도 막을 수 없지

마음은 헤아릴 수 없이 외로운 것
오래전에 울린 종소리처럼
돌아와 낡은 종각을 부수는 것
아무도 그를 타이를 수 없지
아무도 그에겐 고삐를 맬 수 없지

　가끔 시라는 것이 이토록 사람에게 위안을 줄 수 있다는
것이 신기하다. 어쩌면 돈도 안 되고 어쩌면 성적에도 소용이
없고, 어쩌면 세상에서 그것들이 다 사라진다 해도 아무런
일도 일어나지 않을 것 같은 그런 순간에 시는, 홀로 숨어 우
는 가을 귀뚜라미처럼 조그맣게 존재하면서 우리의 가장 여
린 부분을 어루만진다.

　간이식당에서 저녁을 사 먹었습니다.
　늦고 헐한 저녁이 옵니다.
　낯선 바람이 부는 거리는 미끄럽습니다.
　사랑하는 사람이여, 당신이 맞은편 골목에서

문득 나를 알아볼 때까지
나는 정처 없습니다.

당신이 문득 나를 알아볼 때까지
나는 정처 없습니다.
사방에서 새소리 번쩍이며 흘러내리고
어두워 가며 몸 뒤트는 풀밭
당신을 부르는 내 목소리
키 큰 미류나무 사이로 잎잎이 춤춥니다.

엄마도 낡은 테이블이 네 개 놓인 식당에서 밥을 먹고 저무는 남해를 떠났다. 태풍이 온다는 소식에 모든 배들이 저녁 먹으러 집으로 돌아오는 아이들처럼 항구로 모여들더구나. 그들은 아마 어깨를 나란히 하며 이 거대한 바람을 견디겠지. 너의 가을은 어떠하니? 엄마가 바빠서 아마도 외로움이 더할지 몰라.

그러나 바람이 거세다는 사실보다 바람이 거세다는 사실을 받아들이는 일이 더 힘들다는 것을 엄마는 절감하며 산다. 사람이 저마다 외롭다는 사실보다 사람이 저마다 외롭다는 사실을 받아들이는 일이 더 힘든 것을 말이야.

하지만 우리는 가끔 순응하며 더 거대한 것들에 무릎을 꿇어야 한다. 네가 힘들다는 사실보다 힘들다는 사실을 받아들이고 어떻게든 너 자신과 화해해야 하겠지.

이런 시, 들어볼래? 이성복 시인의 대표적인 시가 되어버린 「남해 금산」.

한 여자 돌 속에 묻혀 있었네
그 여자 사랑에 나도 돌 속에 들어갔네
어느 여름 비 많이 오고
그 여자 울면서 돌 속에서 떠나갔네
떠나가는 그 여자 해와 달이 끌어 주었네
남해 금산 푸른 하늘가에 나 혼자 있네
남해 금산 푸른 바닷물 속에 나 혼자 잠기네

엄마는 흐린 서울로 돌아왔다. 돌아와야 한다는 사실보다 돌아와야만 한다는 사실을 받아들이면서. 위녕, 날이 많이 흐리다. 흐려도 좋은 날일 수 있기를. 서울로 와보니 수영장은 밤 9시에 벌써 문을 닫았더구나. 엄마는 그 사실도 받아들렸어.

자, 오늘도 좋은 하루!

쾌락과
행복 중에서
선택해야 한다

네 인생에 어려운 일이 닥치거든,

네 힘으로 어쩔 수 없는 슬픔이 너를 압도하거든,

한 그릇의 밥, 한 줄기의 물, 한 방울의 눈물을

필요로 하는 사람에게 가거라.

위녕, 너도 그렇겠지만 가끔 어리광을 피우고 싶을 때가 있어. 힘들다고, 그것도 그냥 힘든 게 아니라 힘들어죽겠다고 말이야. 요즘 엄마는 어쩌면 행복한 시간을 보내고도 있다. 아침에 일어나면 적어도 여남은 명의 사람이 엄마를 만나기 위해 메일이든 전화든 어떤 형태의 접촉을 시도하려고 하는 그런 시기를 보내고 있으니까. 그러나 솔직히 말하면 엄마는 요즘 극심한 피곤에 시달리고 있다. 가끔씩 바닷가에 있다는 피정의 집이나 깊고 깊은 산중에 자리한 이름 모를 산사의 사진이 담긴 잡지를 오려놓고 그것을 멍하니 바라본다. 가서 한 달쯤 아무도 만나지 않고 아무하고도 연락하지 않고 싶어서…….

우연히 손에 들어온 『산다는 것은 무엇인가』라는 책에서 '사람의 불행은 쉴 줄 모르는 데서 온다'라는 구절을 발견하고 깜짝 놀랐지. 95세의 수녀님이 쓴 책이라는 것도 놀랐고

72년간의 수도 생활 중에서 62년을 터키, 튀니지, 이집트 등을 돌며 살았고 그중 23년을 빈민가에서 넝마주이들과 살았다는 것도 놀라웠다. 그렇게 바쁜 수녀님이 불행은 쉴 줄 모르는 데서 온다고 하시다니 말이야. 그리고 그보다 더 95세의 수녀님이 '산다는 것은 무엇인가'라는 명제로 글을 쓰신 것이 더욱 놀라웠지.

이 책의 시작은 그녀가 15세였던 어느 날로 거슬러 올라간다. 브뤼셀의 부유한 집안에서 태어난 그녀는 '여드름이 비죽한 얼굴에 헝클어진 머리, 입술은 심술로 가득 차서 부루퉁했고, 불평을 몸에 달고 다녔다. 아무것도 마음에 들지 않았고 모든 것이 허물투성이였다'라고 자신을 소개한다.

공부가 무슨 소용이 있나? 언제나 열심히 해야 한다니. 게다가 지상에 존재한다는 게 무슨 소용인가? 사람은 어디로 가는지 왜 사는지조차 모른다. 그건 끝이 막힌 길, 지루하기만 한 것, 멍청하기조차 하다. 고양이에게는 아무 문제도 없다. 먹고 자고 느끼고 어미 고양이 몸에 기대어 젖을 빨면 된다. 삶은 아름답다! 수업도 없다!

앞서도 말했지만 나는 억압이나 강요를 참을 수 없다. 1968년 5월 선언문의 그 유명한 '금지하는 것을 금지한다'는 선언에 나는 열렬하게 동조하고 있었다. 도덕적이란 좋아 보이는 곳으로 달려가는 것을 막고, 주어진 즐거움을 누리지 못하게 하는, 한마디로 누리고자 하는 일체의 것들을 억압하는 굴레를 의미했다. 왜냐하면 가장 매혹적인 것은 금지된 것이기 때문이다. 금지된 것이 무엇이든 나는 참을 수 없는 열정으로 그것에 집착했다. 도덕적인 것들은 모두 지루하기만 할 뿐이었다. 모범 소녀들이 '그렇게 하면 안 되지' 그러면 나는 즉각 이렇게 대답하곤 했다. '그러면 나는 그걸 해야지.' 그리고 오만불손하게도 '앞으로도 그렇게 할 것이다'라고 덧붙여 말했다.

와우! 엄청 통쾌하지? 거의 100년을 산 노수녀님이 소녀 시절에 이런 열정이 있었다니 말이야. 아니 틀림없이 그런 열정, 그런 자기 거부가 있었기에 수녀의 삶은 충만했을 거야. '그렇게 하면 안 되지' 하고 말했던 범생이들은 아마도 일찍 죽었거나 양로원에 가서 정신을 잃고 휠체어에 앉아 있거나, 이렇게 하면 남들이 어떻게 생각할까 하는 궁리를 평생 하다가 나와 남이 헷갈려버려서 자식들과 자기보다 조금이라도 젊어 보이는 노인들에게 끝없이 잔소리를 늘어놓고 있을지도 몰라.

그렇듯 발칙하게 반항적인 소녀 에마뉘엘은 그 어느 날 파스칼을 만난다. 『팡세』 말이지. 그리고 다음과 같은 구절에 깊이 충격을 받는다.

> 인간은 한낱 갈대에 불과한 것. 자연에서 가장 연약한 존재이다.

> 인간은 한낱 갈대에 불과한 것. 자연에서 가장 연약한 존재이다. 그러나 생각하는 갈대이다.

그녀는 자신이 부럽다고 생각한 고양이를 다시 바라본다. 파스칼은 이어간다.

> 그 갈대를 분쇄하기 위해 온 우주가 무장할 필요는 없다. 한 줄기 증기, 한 방울의 물로도 그것을 죽일 수 있다. 그러나 우주가 분쇄한다 한들, 인간은 자신을 죽이는 존재보다 더 고귀하다. 왜냐하면 인간은 자신이 죽는다는 사실과 우

주가 인간보다 강하다는 사실을 알고 있기 때문이다. 우주는 이러한 사실을 전혀 알지 못한다.

수녀님은 소르본에 진학할 기회를 놓치고 자신의 노트와 책을 불살라버린 후 빈민가로 들어간다. 그녀는 어느 날 알게 되었기 때문이다. 생을 마친 후 신 앞에 섰을 때 신이 그녀에게 소르본을 나왔는지 아닌지 묻지 않을 거라는 것을 말이야.

에마뉘엘 수녀님은 그 후로 파스칼에게 매혹된다. 파스칼은 다음과 같은 말로 그가 살았던 시대 왕들이 누렸던 행복을 묘사하기도 하는데, 재밌어. 들어볼래?

또 이는 왕들의 신분이 행복한 가장 큰 이유이기도 한 것이, 사람들은 왕의 기분을 전환시켜주려고 온갖 종류의 쾌락을 마련해주려고 노상 애쓰고 있었으니까.

왕의 기분을 전환시켜 자기 생각을 못 하게 하려는 생각밖에 없는 사람들로 왕은 둘러싸여 있다. 아무리 왕이라도 자기 생각을 하게 되면 불행해지니까.

파스칼에 매료되어 인간의 존엄성에 대해 자각한 수녀는 수녀원으로 들어가 수련에 매진한다. 모든 순수하고 열정적인 젊은이가 그렇듯, 제 한계를 벗어나고 싶은 모든 젊은이가 그렇듯, 석가모니처럼 에마뉘엘 수녀도 '육체의 유혹'에 저항하기 시작한단다. 적게 먹고 적게 자고 극기 훈련을 하고. 그러다가 신부님의 충고를 듣게 되지.

수녀님, 농담을 즐기시고 웃음도 배우세요. 지나치게 심각해하시지 마시고 아빠에게 모든 것을 맡기는 아이처럼 단순하게 기도하세요. 그리고 수녀님의 가장 귀중한 능력 중의 하나인 식욕을 잃는다면 수녀님에게 무엇을 기대할 수 있겠어요?

'내 그럴 줄 알았어' 하며 엄마는 킥킥 웃었다. 그리고 그 신부님을 만나 보고 싶었어. 엄마의 참을 수 없는 식욕을 '가장 귀한 능력 중의 하나'라고 말해주는 분이 계신다면 엄마는 진짜 다이어트에 성공할지도 모르니까.

어쨌든 파스칼의 말대로 에마뉘엘 수녀님은 '인간은 천사도 짐승도 아니며, 그래서 천사 행세를 하려 들다가는 딱하게도 짐승 노릇을 한다'가 되어버린 거야.

하지만 이런 어여쁜 우왕좌왕이 없었다면 그녀는 과연 터키, 튀니지, 이집트 등을 돌며 '가난'이라는 추한 현실을 몰아내기 위해 평생을 바칠 수가 있었을까? 그리고 62세에 은퇴를 해서 본국의 수녀원에서 슬슬 책이나 읽어도 되는 때에도 카이로의 빈민가에 정착해서 넝마주이들과 23년을 더 살아낸다. 이 책을 쓸 때 수녀님은 95세. 아, 그토록 명징한 정신은 어디서 오는 것일까.

엄마는 생각해보았어. '하면 안 되는 것을 해야지' 결심했던 그 귀여운 주근깨박이 소녀의 열정. 적게 자고 적게 먹는 극기의 훈련을 하는 20대 처녀의 순정이 실은 그 바탕이 아니었겠느냐고 말이야. 그 노수녀님은 삶의 비의를 가르쳐주신다. 그건 너무도 쉽고 흔한 것이었단다.

의심과 환락이 내 안에 파놓은 공허. 내 삶이 봉사와 나눔의 의미를 찾을 때마다 공허의 틈이 점점 좁아진 것을 확인할 수 있다.

쾌락과 행복 사이에서 선택해야 한다. 물거품과 영원 사이에서 선택해야 한다. 탐욕과 우정 사이에서 선택해야 한다. 매 순간 우리는 사랑을 새로이 선택해야 한다. 일단 아주 작은 사랑이라도 그 해방감을 맛본다면 그 길은 그렇게 힘든 길이 아니다.

위녕, 다른 책에서 어떤 신부님은 마약 환자도 창녀를 찾아가는 젊은이도 실은 우리의 유전자 속에 내장된 진정한 사랑과 행복을 추구하는 사람들, 다만 그 방법을 잘못 아는 사람들이라고 말했다. 쾌락을 찾는 사람들 역시 실은 그 쾌락이 행복인 줄 알고 찾아가고 있는 거라고 말이야.

엄마가 생의 가장 어려웠던 순간을, 우연히도 엄마의 도움이 절실하게 필요했던 사람들을 찾아보고 그리고 그것들을 극복했던 이야기를 너는 알고 있을 거야. 이제 엄마가 더 이상 엄마에게 닥칠 시련이 두렵지 않은 것은 그 비밀을 엄마가 체험했기 때문이지. 그 봉사와 그 사랑이 주는 해방과 구원. 네 인생에 어려운 일이 닥치거든, 네 힘으로 어쩔 수 없는 슬픔이 너를 압도하거든, 한 그릇의 밥, 한 줄기의 물, 한 방울의 눈물을 필요로 하는 사람에게 가거라. 엄마가 보증할게. 그들에게 줌으로써 너는 얻게 된다. 네가 필요한 모든 위로와 새 희망을 말이야.

위녕, 이제 곧 너의 진로가 결정되겠지. 일류가 아니어도 상관없다. 설사 네가 이 세상의 어떤 직업도 가지지 못한데도 상관은 없다. 엄마의 말이 진심임을 너는 알고 있을 거야. 그러나 엄마는 네게 요구한다. 너는 언제나 사랑을 선택해야 한다. 쾌락과 행복 사이에서 행복을 선택해야 한다. 탐욕과 우정 사이에서 우정을, 허영과 진심 사이에서 진심을. 그리고 반항하려거든 열렬히 해야 한다. 에마뉘엘 수녀님은 이렇게 말하며 책을 끝맺더구나.

영원에 견주어볼 때 이 모든 잡동사니가 무엇이겠는가? 우리의 모든 불행은 우리들 실존의 참된 가치에 비교해보면 아무것도 아니다.

그래, 100세가 다 된 훌륭한 수녀님의 말을 엄마는 오늘 하루 그냥 무턱대고 믿어보기로 했다. 그리고 『광세』를 주문했다. 꼭 가을 날씨만 아니라도 세상에 아름다운 것이 많아서 정말 좋다. 위녕, 그렇지? 엄마는 어떻게든 오늘은 수영을 가볼게.
오늘도 좋은 하루!

엄마는 네게 요구한다.
너는 언제나 사랑을 선택해야 한다.
쾌락과 행복 사이에서 행복을 선택해야 한다.
탐욕과 우정 사이에서 우정을,
허영과 진심 사이에서 진심을.
그리고 반항하려거든 열렬히 해야 한다.

바랄 나위 없이
삶이
만족스럽다

"나는 눈을 치우지 않는다. 그건 시간 낭비다.
그냥 눈 속을 걸어 다니며 길을 낸다."

위녕, 다시 가을이다. 기온이 높아 아직 긴 소매 옷을 입을 수는 없지만 햇살은 투명하고 하늘은 높다. 어제 엄마는 주말을 이용해 시골집에 다녀왔는데 먼 산의 나뭇잎들에는 벌써 누런빛이 감돌고 있더구나. 어디선가 깊은 호숫가에는 플랑크톤들이 죽어가고 물빛이 하염없이 깊어지고 있겠지. 풀을 뽑으러 마당에 나갔더니 작은 풀꽃들은 모두 좁쌀만 한 씨앗들을 매달고 있더구나. 한겨울을 이겨내기 위해 그들은 그렇게 작게 자신의 몸을 바꾸어버린 걸까? 강아지풀과 구절초를 잘라서 작은 화병에 꽂았더니 집 안에도 가득 가을이 몰려왔어. 그래, 가을인 거야.

엄마는 원래 글자가 적고 그림이나 사진이 많은 책을 좋아하지 않는다. 어쩌다 미장원에 파마를 하러 가서 잡지를 읽을 때도 시중드는 아가씨가 '읽을 잡지 좀 드릴까요?' 물으면 '네, 아무 잡지나 주세요, 단 글자가 많은 걸로요' 하고 말했지. 이제는 단골 미장원에서 내가 말하지 않아도 '선생님 여기 글자 많은 잡지예요' 하고 말하곤 하지만 말이야. 왜, 그림과 사진을 싫어하느냐고? 그야 읽을거리가 줄어드는 것이 싫어서이지. (흠, 대답이 너무 심플했나?)

그런데 이번에 엄마가 산 책에는 글보다 사진과 그림이 많이 있었다. 그래도 엄마는 그 책들을 끼고 있다. 침대 곁에 두고 잠이 안 오는 밤이면 달콤한 레모네이드를 한잔 마시며 그 책을 들여다본다. 바로 『타샤의 정원』과 『행복한 사람 타샤 튜더』야.

타샤 튜더는 올해 91세. 거의 죽음을 목전에 둔 할머니라고 해도 과언은 아니다. 그녀는 미국에서 가장 사랑받는 동화 작가이자 삽화가이다. 그녀는 버몬트 주(거기가 어딘지 알 수 있니? 솔직히 엄마는 모른다. 뭐랄까? 시골이라는 것밖에는) 시골에 집을 짓고 30만 평이나 되는 단지에 아름다운 정원을 가꾸며 코기종의 개 두 마리와 고양이 한 마리를 키우며 산다. (코기종의 개도 예쁘지만 특히 그 터질 듯 뚱뚱하고 심술 맞게 생긴 주제에 날마다 따뜻하고 푹신한 자리에서 졸고 있는 그 갈색 고양이는 얼마나 매력적인지.) 베틀에 앉아 손수 옷을 만들고 자신이 키우는 염소의 젖을 짜고 치즈를 만들며 살지. 19세기 생활을 좋아해서 골동품 옷을 입고 장작 오븐에 빵을 구워내는 구식 할머니. 머리에는 꽃무늬 스카프를 쓰고 발목까지 오는 긴 옷을 입고 옥양목 앞치마를 두른 할머니. 이 할머니의 삶이 엄마를 며칠 동안 잠 못 이루게 했다.

타샤는 어릴 때 이혼한 부모님 때문에 평생을 남의 집을 떠돌며 살았다. 한 가지 특이한 것이 있다면 그녀는 이담에 혼자 독립할 때가 되면 시골에 집을 짓고 염소를 키우며 꽃을 가꾸고 싶다는 꿈을 간직하고 있었지. 그녀는 유명한 화가였다. 그림은 그저 내년에 꽃피울 수선화 구근을 사고 생계를 잇기 위한 그런 것이었다. 그녀는 말하곤 하지.

내 그림을 본 사람들은 모두 아, 본인의 창의력에 흠뻑 사로잡혀 계시는군요, 하고 말한다. 말도 안 되는 소리, 난 상업적 화가이고 쭉 책 작업을 하는 것은 먹고살기 위해서였다. 내 집에 늑대가 얼씬 못하게 하고 구근도 넉넉히 사기 위해서!

엄마가 이 구절을 읽으면서 큭큭 웃었다는 걸 너는 짐작하겠지. 창작이 다른 직업이 지니는 기본적인 고통과 다른 근본적이고 특이한 고통을 지닌 듯 폼을 잡으며, 그것은 밥과는 아무 상관이 없는 듯, 글을 쓴다는 것이 무슨 하늘이 내린 형벌인 듯 포즈를 취하는 사람들을 싫어하고 있는데 할머니의 이런 육성은 얼마나 통쾌하던지 말이야.

타샤 할머니는 엄마와 또 하나의 공통점을 가지고 있는데 인생은 근심하며 살기에는 너무 아깝다고 생각하고 있는 거야. 그녀는 방문하는 사람들에게 태연히 이야기한다.

"우리가 바라는 것은 온전히 마음에 달려 있어요. 난 행복이란 마음에 달려 있다고 생각해요."

그녀의 정원은 동화의 세계보다 황홀하다. 겨울을 제외한 일 년 내 꽃이 지지 않고 염소가 풀을 뜯고 눈 맑은 거위가 돌아다닌다. 그러나 타샤 할머니의 손은 노동으로 거칠고 그녀의 발은 생명들을 돌보기 위해 멈추지 않는다. 어느 해 겨울, 추위에 나무들이 얼어 죽을까 봐 낡은 담요를 가져다가 나무마다 덮어준 일이나, 가문 연못에 핀 수련들을 위해 비가 올 때까지 수련들을 떠서 자신의 욕조에 넣어두었다는 대목을 읽다가 엄마는 새삼 엄마의 정원을 한심하게 내다보았어. 엄마의 시골 정원이 왜 이렇게 초라한지 그 이유를 알 거 같았으니까. 하지만 타샤 할머니는 그게 뭐 대수냐는 듯 말한다.

나는 눈을 치우지 않는다. 그건 시간 낭비다. 그냥 눈 속을 걸어 다니며 길을 낸다. 눈이 올 때 장화를 신지 않고도 헛간에 가서 염소젖을 짜고, 일을 마칠 무렵 얼른 집에 가서 흔들의자에 앉아 무릎에 코기를 앉히고 따뜻한 차를 마실 때의 흐뭇함이란! 요즘 사람들은 너무 정신없이 산다. 카모마일 차를 마시고 저녁에 현관 앞에 앉아 개똥지빠귀의 고운 노래를 듣는다면 한결 인생을 즐기게 될 텐데.

위넝, 그녀는 자식들도 다 떠나보내고, 우러러볼 어떤 학력도 가지고 있지 않으며, 소더비즈에서 경매되는 그림들을 그리는 화가도 아니다. 오직 작은 동화책의 삽화가인 초라한 할머니에 지나지 않는다. 그런데 그녀는 이렇게 말하는구나.

난 고독을 만끽한다. 이기적일지 모르지만 그게 뭐 어때서. 오스카 와일드의 말마따나 인생이란 워낙 중요한 것이니 심각하게 맘에 담아둘 필요가 없다. 자녀가 넓은 세상을 찾아 집을 떠나고 싶어할 때 낙담하는 어머니들을 보면 딱

하다. 상실감이 느껴지긴 하겠지만, 어떤 신나는 일을 할 수 있는지 둘러보기를. 인생은 보람을 느낄 일을 다 할 수 없을 만큼 짧다. 그러니 홀로 지내는 것마저도 얼마나 특권인가. 오염에 물들고 무시무시한 일들이 터지긴 하지만, 이 세상은 얼마나 아름다운지. 해마다 별이 한 번만 뜬다고 가정해 보자. 어떤 생각이 나는지. 세상은 얼마나 근사한가!

엄마는 내친김에 『타샤의 식탁』과 『타샤의 크리스마스』라는 책도 샀단다. 거기에는 그녀의 아들들과 손자들이 등장한단다. 90세 넘은 할머니인 그녀가 혼자 하기에는 육체적으로 힘든 일을 도와주기 위해서이지. 그 책들을 읽으면서 든 생각은 뜻밖에도 타샤의 아이들과 손자들은 무슨 대학을 나왔을까, 하는 것이었어. 미국 역시 상류사회에는 광풍에 가까운 교육열이 있다. 돈을 좀 벌고 조금 이름을 날리면 아이들을 어떻게든 그 무리들 속으로 집어넣고 싶은 욕심은 누구에게나 있겠지. 그러나 그들은 그냥 거기서 살고 있다. 버몬트주 숲 속에서. 그리고 그들은, 할머니와 아들들과 손자들은 아주 행복해 보였어.

나는 타샤 할머니에게 조르고 싶은 기분이었어. '한 말씀만

해주세요, 네?' 그러자 꽃도 잎도 눈도 없는 11월, 그래서 NO
자가 붙은 November에 와서야 겨우 종종걸음을 멈추고 퀼
트 천을 집어 든 할머니가 바늘을 몇 번 머리에 긁으며 대답
하는 듯하구나.

바랄 나위 없이 삶이 만족스럽다. 개들, 염소들, 새들과
여기서 사는 것 말고는 바라는 게 없다. 인생을 잘 살아왔
다는 생각이 들지만 사람들에게 해줄 이야기는 없다. 철학
이 있다면 헨리 데이빗 소로우의 말에 잘 표현되어 있다.
'자신 있게 꿈을 향해 나아가고 상상해온 삶을 살려고 노
력하는 일이라면, 일상 속에서 예기치 못한 성공을 만날 것
이다.' 그게 내 신조다. 정말 맞는 말이다. 내 삶 전체가 그런
것을.

엄마는 타샤 할머니의 말들이 너무 좋아서 잠시 숨을 멈
춰야 했어. 이런 일은 별로 없는 거야. 너무 좋아서 숨이 멎을
것 같은 일은. 엄마의 소원이 뭔지 너도 알지. 엄마도 죽을 때
말하고 싶었거든.
'아, 하느님 조금 힘들긴 했지만 너무 재밌고 신나는 나날이

었습니다. 그러니 이제 떠나도 아무 여한이 없습니다. 이승에서 신세 많이 졌습니다. 저승도 잘 부탁합니다' 하고.

고마운 타샤 할머니! 타샤 할머니가 버몬트 숲 속에 집을 지은 게 그녀의 나이 50이 좀 넘어서라니, 이 얼마나 위안이 되는지 말이야. 엄마도 아직 그런 결단을 내릴까 망설일 시간을 몇 년은 가지고 있구나.

위녕, 너는 어떤 꿈을 꾸고 있니? 삶은 생각보다 길다. 생각보다 삶은 길고 예술은 짧아. 네가 상상하는 삶이 있기는 하니? 엄마는 네가 그저 누구나 가고 싶어 하는 대기업의 부품 같은 사원이 되면 막연히 삶이 편안할 거라거나, 남들이 따고 싶어 하는 국가의 자격증을 따면 평생 다른 걱정은 안 해도 되겠지, 하고 애늙은이 같은 생각을 하지 않았으면 해. 차라리 그보다는 우려가 되긴 하지만 전업주부가 되는 것이 낫겠지. 타샤 할머니는 그걸 이렇게 말하더구나.

가정주부라 무식한 게 아니다. 나는 다림질, 세탁, 설거지, 요리 같은 집안일을 하는 게 좋다. 직업을 묻는 질문을 받으면 늘 가정주부라고 적는다. 찬탄할 만한 직업인데 왜들 유감으로 여기는지 모르겠다. 잼을 저으면서도 셰익스피어를 읽을 수 있는 것을.

마지막 구절이 아니었다면 엄마는, 오 할머니 그건 저하고
생각이 다른걸요, 했을지 모르겠다. 그러나 마지막 구절 때문
에 엄마는 즐거워졌어. 난데없이 전장에서도 셰익스피어와 헤
밍웨이의 책을 쥐고 있었던 체 게바라 혹은 정수일 선생이 겹
쳐진 건 또 무슨 일인지.

만일 네가 결혼을 하고 나서 '엄마 나는 밥하고 빨래하고
아이들 키우고 이렇게 사는 게 너무 좋아. 염려 마. 엄마가 말
한 대로 셰익스피어는 꼭 읽을게' 한다면 솔직히 엄마는 좀
실망스러울 거 같았어. 예전과는 다르게 그건, 사실 선택도
아닌 시대가 되었고 말이야. 어찌 된 일인지 국민소득은 불
어나고 우리나라 지위도 높아지는데 부부가 둘이 벌지 않으
면 집 하나 제대로 장만할 수도 없는 게 솔직한 현실이다. 그
래서 엄마는 네가 힘들더라도 네 일을 가지고 살기를 바라지.
엄마 친구 하나는 아이들 때문에 그만두었던 직장을 다시 가
지게 되었는데 어느 날 급한 일이 있다는 듯 엄마에게 전화
를 걸어 말하더구나.

"지영아, 어제 남편하고 부부 싸움을 하는데 내 목소리가

달라졌어! 믿을 수 없이 당당해진 거야."

아직 어린 네게 이런 말을 하는 엄마의 잔인함을 용서해주렴. 그러나 세계 명작 동화에 사람이 저지를 수 있는 온갖 종류의 잔인과 범죄가 나오는 걸 보면 사실은 우리의 바람과는 달리 그저 사실인 거야.

그래 엄마는 이게 무슨 소린 줄 알지. 자본주의, 돈으로 모든 것이 결정되는 사회에서 돈이 되는 노동을 한다는 것은 중요한 일이야. 그리고 현실적으로 말해서 미안하다만, 돈으로 바로 환산되는 일을 한다는 것도 중요한 일이야. 돈으로도 명예로도 환산되지 않는 일을 하는 훌륭한 분들을 폄하하기 위해 이 말을 하는 건 아니야. 그분들 말고 우리 그냥 평범한 사람들의 이야기를 하고 싶은 거지.

하지만 그래도 네가 고집한다면, 네 대모이자 엄마의 오래되고 다정한 친구인 아네스 아줌마의 이야기를 해도 좋을 것 같아. 너도 알지만, 아네스는 공부를 아주 잘했어. 엄마가 떨어진 대학원을 그 아이는 아주 좋은 성적으로 붙었고 원서도 척척 읽어냈단다. 그런데 이 친구는 이상한 특징이 하나 있었는데 낯선 곳을 너무나 무서워한다는 거야. 그렇게 친했지만 엄마는 아네스와 함께 여행을 해본 적이 없어. 스물몇 살 우리들은 배낭을 싸서 여기저기 여행을 다녔는데, 아네스는 언제나 거기 참석하지 않았지. 대학 수학여행도 졸업여행도. 이유? 무서워서.

오죽하면 신혼여행을 가서 호텔 밖으로 한 발짝도 나오지 않았겠니? 그래서 이 친구가 전업주부로 들어앉았을 때 엄마가 볼멘소리를 하기도 했지. 그럴 거면 대학원 시험은 뭐하러 봐서 날 떨어뜨렸니? 하고 말이야.

그런데 이 친구는 아직도 엄마의 가장 친한 친구 중의 하나이다. 가장 큰 이유는 아네스는 언제나 책을 읽어. 사서도 읽고 동네 도서관에서도 읽고. 그리고 이 친구는 전업주부의 역할을 너무도 충실하게 하고 있기 때문일 거야. 가끔 엄마에게 전화를 걸어 생선은 어디가 좋은데 약간 비싸고 어디에 가면 유기농 야채를 싱싱하고 싼값에 살 수 있는지 가르쳐주곤 한단다. 물론 엄마는 여기저기 다니면서 장을 보는 일이 너무도 피곤하기에 그냥 건성으로 대꾸하고 말지. 맘속으로는 네가 그걸 사서 좀 부쳐주겠니? 하고 말하고 싶은 걸 꾹 참으면서 말이야. 아네스는 파출부는 거의 쓰지 않고 혼자서 모든 집안일을 해내고 있어. 그게 자기의 직업이라고 하면서 말이야. 가끔 우리는 친구들 모임에서 농담을 하곤 하지. '저기 진정한 프로 주부 오신다' 하고.

아네스같이 산다면, 밖으로 나가는 건 네 체질상 싫다면, 돈을 벌기보다 아끼는 게 더 좋다면 아네스같이 살아도 돼. 단, 아네스 아줌마는 셰익스피어만 읽는 게 아니라, 진중권과 박노자와 장하준도 많이 읽는단다. 그리고 타샤 할머니의 책도 말이야.

타샤 할머니 같은 사람하고 같이 사는 건, 음 솔직히 조금 피곤할 거 같고(많은 잔소리를 들을 거 같아. 아네스라면 잘 어울리겠지만) 친구하면 참 좋겠다. 가서 조금만 도와주고 조금만 잔소리 듣고 그리고 맛있는 것은 잔뜩 얻어먹고 아름다운 꽃은 실컷 보고 오게 말이야. 그러면 타샤 할머니는 정말 할머니답게 잔소리를 늘어놓을 테지.

복을 받아 여자로 태어났으면서 왜 남자처럼 차려입으려고 할까? 여성의 가장 큰 매력인 여성스러움을 왜 버리려 할까? 바지를 입고 담배를 피우며 돌아다니는 것보다는 훨씬 더 많은 걸 얻을 수 있다. 나는 남자가 좋다. 멋진 피조물이라고 생각한다. 남자들을 진심으로 사랑한다. 하지만 남자처럼 보이는 건 싫다. '보일 듯 말 듯 한 발목'이라는 말을 아는지? 요즘 여성들은 내리닫이 속옷을 입고 돌아다닌다. 다리가 미운 여자의 경우 긴 스커트가 단점을 많이 가려줄 수 있을 텐데.

으음, 어디서 많이 들어보던 잔소리인데, 싶은 엄마는 담배를 든 손가락을 감추고 꽁무니를 빼겠지. 그러나 그렇게 정원의 들꽃 흐드러진 모퉁이를 돌다가 생각할지도 몰라. 엄마가 서른 살 무렵, 선머슴처럼 하고 다니던 엄마에게 한 선배가 말했어. 엄마는 그때 크지도 않은 가슴을 헐렁한 티셔츠로 어떻게든 가리고 좀 더 터프하게 보이는 것이 멋있고 지적인 여자인 것처럼 느끼고 있었단다. 그런 내게 선배가 말하더구나.

"앞으로 네가 진정으로 여자일 날들은 그리 많지 않을 거야. 그러니 앞으로 그날이 다할 때까지 너의 여성성을 만끽해라!"

아마 타샤 할머니가 하고 싶은 말도 그것이었겠지, 그리고 엄마가 네게 하고 싶은 말이기도 해. 위녕, 그러려면 우선 부지런해야 하는데……. 그래, 그만할게, 잔소리는 그만하고 다른 이야기를 하자.

엄마는 이 책을 읽다가 시골집에서 레몬밤과 세이지 잎을 좀 따 왔다. 잎을 손으로 약간 짓이겨 찬장 속에 아껴둔 예쁜 포트에 넣고 뜨거운 물을 부으면 돼. 시럽이나 꿀이나 아니면 노랗고 반짝이는 설탕을 넣어도 좋을 거야. 발목이 보일 듯 말 듯 한 치마를 찾아 입을까? 에구, 그런 치마는 네게나 내 게나 한 벌도 없구나. 그러니 오늘은 해 질 무렵 그저 차를 마 시자꾸나. 인생은 짧으니 수영하고 오면 이미 해가 지겠지. 오 늘은 차에게 내 수영 시간을 양보해야 해.

진하게 차를 우려서 자, 오늘도 좋은 하루!

매일 내딛는
한 발짝이
진짜 삶이다

천상의 것들과 지상의 것이 가지는

여러 가지 다른 점 중에서 또 하나의 차이가 소리였을까?

왜 하늘에 붙박인 것들은 소리가 없을까?

지상에 붙박인 우리들은 이토록 시끄러운데.

위녕, 아침이면 너는 투덜거리는구나. 오늘 하루만 쉬고 싶어, 하고. 솔직히 네 마음에 청진기를 대보면 그때 네 마음은 그렇게 이야기하지 않을까? 오늘 하루만 쉬고 싶어, 괜찮으면 내일도 쉬고, 누가 뭐라고 하지만 않으면 모레도 쉬고, 돈이 많다면, 혼만 안 난다면 평생 쉬고 싶어……. 아닌가?

엄마가 집어 든 책『내 안의 사막, 고비를 건너다』는 분주하고 형식적이며 관료적인 일상에서 엄마를 먼지와 바람과 마른 바위뿐인 고비사막으로 인도해주었다. 언젠가 사막에 가보고 싶다는 말을 너도 했었는데 엄마는 실은, 조금 무서워서 그런 일은 엄두도 못 내겠지만 사막 언저리까지는 꼭 가보고 싶었단다. 엄마가 좋아하는 은수자들이 사막에서 수도를 하곤 했다는데 순례길을 떠나 그 근처에서 하루를 묵은 사람은 누구나 밤이 오면 텐트에서 나와 메마른 땅과 메마른 하늘에 뜬 별을 보며 울음을 터뜨렸다는 말을 들은 후였을 거야. 남자건 여자건 나이가 들었건 그렇지 않건, 선생이건 학생이건 그 단순하고 거대한 자연 앞에서 모두가 큰 소리로 울었다는 그 말을 듣는 순간 엄마는 실은 약간 그 심정을 이해할 수 있는 기분이었다. 그리고 엄마도 이미 거기에 도달한 것처럼 엷은 울음에 이미 입술을 삐죽이고 있더라. 내적으로 진정한 고요를 찾은 이는 굳이 사막에 가지 않고도 완벽한 고독 속에서 자신을 돌아볼 수 있다고 말하지만 엄마는 어쨌든 사막에 가고 싶었는데, 다행히도 너희들이 있었기에 진짜로 가지 않아도 되는 행운이 있었단다. 가만, 이게 행운인가? 그래, 그럴지도 모르겠다.

인류 최초로 히말라야의 8,000미터급 14봉을 모두 완등하고, (그는 신경숙의 「풍금이 있던 자리」라는 단편에서 그토록 화려한 등정 이력을 가지고도 날마다 산으로 오르기 전 짐을 싸면서 울었던 사람으로 묘사된다. 왜 우냐고? 산에 가는 게 너무 무서워서) 극지방을 탐험한 이력이 있는 라인홀트 메스너는 유럽의회 의원으로 5년 동안 활동하던 어느 날 사막으로 가기로 결심한다. 그리고 그 사막도 사하라가 아닌 고비이다, 고비. 그는 이 책이 끝날 때까지 실은 왜 이 횡단을 결심하는지 잘 설

295

명하지 않는다. 엄마 생각에는 그 역시 끝까지 왜 그곳에 가야 했는지 잘 알지 못했는지도 몰라.

나는 편안히 내 삶에 안주할 수 있었다. 그러나 나는 나이 드는 법을, 살아가는 법을 배우고 싶었다. 삶으로부터 멀리 떨어져 내 삶을 들여다보고 싶었다. 내 마음속의 사막 한가운데서 멈추지 않고 반짝이는 오아시스를 향해 행군하고 싶었다.

50여 일의 목숨을 건 동기치고는 너무 허술할 수도 있지. 그러나 이런 동기는 어떠니?

내게 중요한 것은 사막이 아니다. 사막을 꼭 횡단해야 하는 절대적인 이유는 없다. 사막 앞에 서면 나 역시 어찌할 바를 모른다. 출발에 대한 불안과 의심으로 감정이 복잡다단하다. 정작 내게 중요한 것은 인간이 자연에 대해 묻는 것이고 나 자신에 대해 생각하는 것이다. 그리고 나 자신의 방식대로 길을 떠나고 돌아다니는 것 역시 언제나 중요하다. 발로 걸어서 다니고 싶었던 것이다. 이것이 내가 길을 떠난 전제조건이었다.

그리고 동기는 거기서 더 나아간다.

나는 온갖 의무들에서 벗어나야 했다. 나는 항상 어딘가에 출석해야 하고, 언제나 연락 가능해야 하고, 어떤 질문에 대해서든 늘 답변이 준비되어 있어야 하는 그 모든 삶으로부터 떠나야 했다. 사막에서라면 우리는 존재하는 동시에 완전히 여분으로 남을 뿐이다. 나를 찾거나 필요로 하거나 바라보는 사람이 아무도 없고 나 자신을 볼 수 있는 거울도 없다. 그리고 그런 공간에서는 결국 나 자신마저 없어도 더 이상 아쉬울 것도 없다.

아마 이 구절이 그를 떠나게 하고 엄마로 하여금 이 책을 집어 들게 했겠지. 지난 일 년을 허덕이며 살다 보니까 연말이 되자 숨이 가빠지기 시작했으니까. 그건 사람들의 번잡함을 의미하는 것은 아니야. 오히려 엄마의 무능과 작음을 인정하는 계기가 되었지. 내가 할 수 있는 것과 없는 것이 너무도 분명할 때, 좋은 줄 알면서도 도저히 그것을 해낼 수 없는 인간이 나라는 것을 깨달았을 때, 그럴 때 명분에 치여 거절하지도 못하고 우물거리다가 결국 나 자신과 다른 사람 모두에게 혼란과 상처만 주고 말았을 때, 엄마도 그런 곳으로 떠나고 싶어지는 거야.

게다가 라인홀트 메스너는 어떤 등반에서 조난을 당해 동생은 죽고 그만 살아 돌아온 아픔을 가지고 있다. 그는 이미 유명한 사람이었기에 비난을 당한다. 혼자만 살아 돌아왔다는 것이 그의 생애 내내 오명처럼 그를 따라다니지. 얼핏 엄마는 이해가 가지 않았다. 이 세상 누가 동생을 죽게 만들고 혼자만 살아오는 사람이 있을까 싶었던 거야. 할 수 있다면 누가 동생을 구해서 함께 내려오지 않을까? 그를 비난하는 사람들의 이야기를 가만히 듣고 있으니, 그가 죽더라도 동생과 함께 있어야 한다는 이야기 같기도 했지. 아니면 그 비난을 하는 사람들은 산에서 조난을 당했을 때 누구는 죽게 만들고 자신만 살아오는 방법을 알고 있는 사람들이든가. 어쨌든 이 추문은 오래오래 그를 따라다닌다. 엄마는 사람들의 잔인함을 생각한다. 교통사고를 당해 다리를 잃어버린 어떤 사람이 엄마에게 했던 말도 떠올랐어. 가장 슬픈 일은, 불행한 자신에게 보내는 사람들의, 자신을 수치스럽게 만드는 그런 시선이라고.

　몇 주 동안 암석사막만 이어질 거야. 음식점도 기차역도
버스 정거장도 없을 테고 이천 킬로미터 이내에 오직 텅 빈
사막뿐이겠지. (……) 게다가 모든 게 반복될 뿐이고 모든
일은 날마다 다시 반복될 거야. 아침에 일어나고 출발하고
일어나고 출발하고 아무것도 없는 무의식 상태로 들어가겠
지. 심지어 야영지에 머무르는 것조차 똑같이 반복될 뿐일
거야.

　더위와 추위는 기본, 목마름은 총보다 무섭고 그런 데다가
신경마저 곤두서는 곳.

　사막은 어디를 보나 똑같은 모습이었다. 내가 쉬는 숨처
럼 몹시도 단조로웠다. 너무나 고요하여, 물을 마시거나 귀
를 기울이기 위해 멈출 때마다 그 소리에 화들짝 놀라곤 했
다. 사막의 정적과 광활함이 모든 시간을 없애는 것 같았다.
모래가 흘러내리는 소리가 들렸다.

엄마는 언젠가 시골집에서 아주 추운 새벽에 마당에 내려선 적이 있었어. 그때 얼어붙은 감청색 하늘에서 정말 고흐의 그림처럼 너무도 영롱한 별들이 아무도 없는 산골을 노릇하고 명랑하게 비추고 있었는데 그때 엄마가 무슨 생각을 했는지 아니? '별들은 믿을 수 없을 만큼 고요하다'라는 것이었어, 입에서 수증기처럼 뿜어져 나오는 입김 소리만 슈욱거리고 있었지. 천상의 것들과 지상의 것이 가지는 여러 가지 다른 점 중에서 또 하나의 차이가 소리였을까? 왜 하늘에 붙박인 것들은 소리가 없을까? 지상에 붙박인 우리들은 이토록 시끄러운데.

라인홀트는 고비의 끝에 도달한다.

나는 분명히 끝을 향해 걸었다. 나는 반드시 목적지에 도달한다는 이 숙명론만 고비사막에서 얻은 새로운 인식으로 가져갈 것이다. 이 숙명론을 털어버릴 수는 없지만 떨쳐버릴 생각도 없으니 말이다. 다만 포기하는 것만큼은 하지 않을 것이다.

사막을 횡단하는 것은 단숨에 되지 않는다. 사막을 횡단하려면 작은 걸음들이 수백만 번 필요하다. 그리고 한 걸음

한 걸음이 길의 한 부분이 되고 경험의 일부가 된다. 모든 탐험이 매번 진짜 삶이었다. 고비사막의 횡단은 성공적이었다. 물론 고비사막을 횡단했다고 해서 내가 현명해진 것도 아니고 녹초가 된 것도 아니다. 늙어 보이게 되었을 뿐이다. 스스로 보기에도 그렇다.

사막을 생각하고 갈 수 없는 나를 생각하고 그러다가 너희들을 생각한다. 그러자 이 도시 한구석에서 모래가 흘러내리는 소리가 들리는 듯하다. 그가 떠날 수 있었던 이유와 그가 성공할 수 있었던 이유와 그가 단지 고비를 횡단하고 나서 늙어 보이게 되었을 뿐이라고 말하는 모든 이유는 같다. 거기에 가지 않을 때 그는 항상 어딘가에 출석했고 언제나 연락이 가능하도록 일상을 성실히 열어두었으며 어떤 질문에 대해서든 늘 답변이 준비되어 있도록 공부했기 때문이지. 그 걸음이 그를 8,000미터 고지에 이르게 하고 사막을 결국은 건너게 만들어낸 거야. 네가 학교를 휴학하고 배낭여행을 가고 싶다고 했을 때 엄마가 너를 말린 것도 같은 이유였어. 라인홀트 메스너라는 이 사람이 젊을 때부터 그저 떠나고 싶으면 떠나는 그런 사람이었다면 이 사람의 글도, 이 사람의 고난도 우리와 아무 상관이 없었을 테지. 붙박여 있기만 한 삶도 떠돌기만 하는 삶도 실은 그 뿌리는 같다. 그것은 두려움과 무책임이다.

엄마는 아직도 사막이 무섭지만 그와 함께 고난의 횡단을 했다. 그의 눈물과 땀이 만져지는 것 같았으니까 말이야.

명심해라, 딸. 어디든, 너를 부르는 곳으로 자유로이 떠나기 위해서는 네가 출석해야 하고 대답해야 하는 그보다 많은 날들이 그 밑바닥에 깔려 있어야 한다는 것을 말이야. 매일 내딛는 한 발짝이 진짜 삶이라는 것을.

엄마는 그래서 좀 춥지만 어쨌든 내일은 수영장에 가보려고 해. 엄마도 출석을 해야겠지.

자, 오늘도 좋은 하루!

명심해라, 딸. 어디든, 너를 부르는 곳으로
자유로이 떠나기 위해서는
네가 출석해야 하고 대답해야 하는
그보다 많은 날들이
그 밑바닥에 깔려 있어야 한다는 것을 말이야.

풀잎마다
천사가 있어
날마다 속삭인다.
자라라, 자라라

지금 당신을 흔드는 바람, 지금 당신을 적시는 빗물,

지금 당신을 목마르게 하는 뜨거운 햇살은

다 당신을 자라게 하는 우주의 신비한 계획 중의 하나랍니다.

위녕, 이담에 너는 이 시간들을 어떻게 기억할까, 하는 생각을 해본 적 있니? 엄마는 가끔 그런 생각을 해. 시간이 많이 흐른 후, 지금 믿고 느끼고 생각하는 것들이 하나도 중요해지지 않을 때가 있다면 그때 나는 지금을 어떻게 기억하게 될까, 하고 말이야. 뭐 그냥 힘들었다거나, 좋았다거나 이런 것들 말고 그때 내가 내 앞에 주어진 생을 어떻게 대하고 있었던가 하는 거 말이지.

엄마가 네게 처음 수호천사라는 것에 대해 이야기해주었을 때 반짝이며 듣던 너의 눈빛이 생각나는구나. 신이 처음 세상을 지어내고 우리를 지어낼 때, 우리에게 하나씩 짝을 지워준 천사가 있는데 우리는 그들을 '수호천사'라고 부른다고. 그 천사들은 우리가 어디에 있건, 죽거나 살거나 우리와 함께 있다고. 너는 그 후로 몇 달 동안 천사 이야기만 해댔어. 날개가 있는지, 검은 머리의 너에게 짝이 지워진 그 천사의 머리카락은 무슨 색인지, 그는 남자인지 여자인지, 혹은 머리가 곱슬 곱슬한지 아닌지.

엄마는 천사를 본 일이 없으니 무어라 이야기할 수 없었 지만 천사를 직접 목격했다는 사람들에 의하면 불행하게도 모두 날개가 없었고 사람하고 비슷하게 생겼다고 말하더구 나. 엄마는 꿈속에서 몇 번 천사를 보았는데, 작업복을 입고 있었어. 미안하게도 천사들은 모두 일을 하고 있더구나. 엄 마의 꿈에서 천사들은 이 세상의 삭막한 공간에 꽃을 심고 있었다.

실망했니? 실은 꿈에서 깨어나 엄마도 약간 실망했어. 천사 들은 눈부시게 흰 옷을 발목이 덮이도록 입고, 백조의 깃보다 도 부드러운 날개를 달고 있어야 했는데 말이야. 게다가 우아 하게 날아다니지도 않고 흙을 손에 묻힌 채 일을 하고 있다 니 말이지. 하지만 생각해보면 만일 천사가 시폰 레이스가 주 렁주렁 달린 것 같은 드레스를 입고 자기 몸보다 큰 날개를 달고 있다면 우리가 위급하거나 우리에게 그들의 도움이 필 요할 때 어떻게 우리를 도와줄 수 있겠니? 가끔 우리가 슬플 때 우리의 눈물을 닦아줄 수도 없을 거야. 그리고 그 천사가 노동하는 수고로움을 알지 못한다면, 우리처럼 울어본 일이 없다면 대체 우리를 지킨다는 것이 무슨 의미가 있겠니?

어떤 해였던가? 아마 2001년이라고 기억되는데, 봄철에 아주 심한 가뭄이 들었다. 논들이 바싹바싹 타들어가고 온 나라에 심어놓은 모들이 말라 죽을 위기에 처했었지. 양수기가 동이 나고 농부들은 온 힘을 다해 논에 물을 대었단다. 대단한 가뭄이었어. 그리고 그해 가을이 되었어. 해마다 초가을이면 찾아오는 태풍 중에서 가장 거센 것이 한반도를 덮쳤지. 모두들 가뭄을 겨우 이겨낸 들녘에 다시 바람이 부는 걸 보니 이번 해 농사는 망쳤다고 생각했지. 그런데 결과는 생각과는 아주 딴판이었어. 그토록 거센 태풍은 놀랍게도 볏단들을 거의 쓰러뜨리지 못했어. 심지어 그해 가을에는 사상 유례가 없는 풍년이 들었단다. 전문가들이 무심히 이야기하더구나. 이 심한 태풍에도 피해가 없었던 것은 봄날의 가뭄 때문이었다고. 그러니까 봄날에 벼들이 막 땅에 제 뿌리를 묻었을 때 부족했던 물 때문에 깊이 뿌리를 내려야 했고, 그래서 거센 태풍에도 불구하고 벼들은 쓰러지지 않았다고 말이야.

엄마가 독일에 있을 때 거기는 태풍 대신 돌풍이라는 것이 자주 불곤 했는데 길 앞의 가로수들이 자주 뿌리째 뽑혀나가곤 했어. 나무를 잘 가꾸기로 유명한 나라 독일. 우리나라에서 그렇게 키 큰 나무가 뿌리째 뽑힐 정도가 되려면 태풍의 정도도 어마어마해야 했을 거야. 그런데 밤새 유리창을 몹시 덜컹이게 할 정도의 바람이 불고 나면 나무들이 쓰러지곤 하는 걸 보았단다. 나중에 물어보니 그 이유 또한 같았어. 늘 흐리고 비가 오는 기후에서 그 나무들은 뿌리를 깊게 내릴 필요가 없었던 거야.

변명하는 말이 진정 아니기를 바라지만, 젊은 날의 고통은 얼마나 가치 있고 귀중한 것인지 엄마는 이제는 알게 되었단다. 왜 젊은 시절의 고생은 사서라도 하라는 말이 있는지도 알게 되었단다. 그건 그냥 방황하는 젊은이들을 위로하는 상투어가 절대로 아니었다는 것을. 젊은 시절은 삶의 뿌리를 내리는 계절. 무사태평하게 그 시절들을 보내다가 이미 모든 것이 무겁게 익어버린 가을날에 태풍이 덮치면 그건 정말 어려운 일이란다. 가을에 태풍이 덮치지 않으면 되지 않느냐고? 그래, 그러면 되겠지. 그러나 위녕, 이 지구에 태어나 일생을 산 사람들 중에 오래도록 무사하고 태평하게 산 이는 아마도 아주 적을 거야. 거의 없다고 말하고 싶지만 엄마가 다 조사해보지 않아 이렇게 말하는 거야.

대신 말이야, 거기에는 한 가지 조건이 있기는 해. 직면하는 것, 회피하지 않는 것, 어렵다는 것을 인정하고 충분히 거기에 상응한 고통을 겪는 것. (이렇게 형이상학적으로 말해서 미안하다.) 그래, 충분히 거기에 상응한 고통을 겪어내는 것, 그래야 젊은 시절의 고난이 진정 값어치가 있게 되는 거지.

그런데 말이야 위녕, 조금 다른 이야기 같지만 엄마는 그무렵 『탈무드』에서 이 구절을 읽었다.

풀잎마다 천사가 있어 날마다 속삭인다. 자라라, 자라라.

한 사람 한 사람마다 천사가 있다는 것도 솔직히 놀라운데, 풀잎 하나에까지 천사가 있어서 날마다 속삭인다는 말. 순간 고개를 돌리자, 길거리에 서 있는 나무들과 이파리들이 보였는데, 뭐랄까, 갑자기 세상이 다르게 보였어. 같은 초록색이 다 같은 초록색이 아닌 것 같았고, 바람결에 흔들리는 모양새도 그냥 흔들리는 게 아닌 것 같았단다. 사물의 의미도 다르게 다가왔지. 온 세상이 신비한 생명으로 가득 차 있는 것처럼 보인 거야.

천사들은 풀잎 하나마다에게, 나뭇잎 하나마다에게 이렇

게 말할지도 몰라. 지금 당신을 흔드는 바람, 지금 당신을 적시는 빗물, 지금 당신을 목마르게 하는 뜨거운 햇살은 다 당신을 자라게 하는 우주의 신비한 계획 중의 하나랍니다. 두려워하지 말고 힘을 내세요. 우리가 당신을 응원할게요!

사람들은 가끔 엄마에게 묻는다. 왜 책을 읽으세요. 엄마는 오래 생각해왔던 대답을 간단하게 하지.

'자라려구요. 성장하려구요.'

그래 엄마는 아직도 자라고 싶다. 더 높고, 더 깊고, 더 따뜻하고 더 투명하며 단순한 세계로 가보고 싶어. 물론 그런 나라는 지구상 어디에 있는 것이 아니니, 엄마의 마음속에 있겠지. 무엇하러 그렇게 힘들게 노력하면서 깊고 넓고 높아지려고 애쓰냐고? 그건 삶의 태풍으로부터 엄마 자신을 지키고 싶어서야. 봄날의 가뭄을 이기려고 깊이 뿌리를 내렸던 벼들이 태풍으로부터 자신을 지켰듯이 말이야. 창밖의 벚나무에 달린 저 가득한 꽃 이파리들을 좀 봐. 저 꽃 이파리들이 떨어지는 것은 결코 바람 때문이 아니란다.

위녕, 오늘 이 시간이 지루하고 힘드니? 너의 어린 뿌리를 더 깊이 대지 아래로 뻗으라는 천사의 속삭임으로 들어보겠니? 친구가 밉니? 혹시 그 아이는 변장하고(아니 날개도 없으니 변장할 필요가 없겠구나) 내려온 천사일지도 모르지. 아니 천사를 믿지 않아도 생각해봐. 엄마의 보이지 않는 눈길이 널 바라보고 있다는 것을. 네 머리카락과 네 팔다리, 손가락 하나하나, 네 마음결 하나하나에 응원을 보내고 있다는 것을 말이야. 자라라, 자라라 하고.

그렇게 생각하면 오늘 하루가 좀 더 재밌지 않을까? 엄마는 요 며칠 술을 마시지 않았더니 기운이 없어서 내일부터 수영을 가려고 하는데…….

너는 오늘도 꼭 좋은 하루!

두려워하지 말고 힘을 내세요.
우리가 당신을 응원할게요!

다행이다, 정말 다행이다

창밖은 새까만 안개가 끼어 있습니다. 지겨운 겨울입니다. 그 어느 겨울도 이처럼 길게 느껴지지 않았는데, 유달리 겨울을 좋아하는 저도 봄을 기다릴 만큼 오래 겨울이 지속되는 기분입니다.

당신이 이 책의 탈고를 막 마쳤을 즈음, 함께 와인을 고르고 잔을 부딪치며 나누었던 이야기이기도 합니다만 저는 요즘 어떤 생각에 완전히 사로잡혀 있습니다. 당신의 원고를 읽으면서 그 생각이 점점 더 간절해집니다. 어느 날 말똥말똥한 정신을 잠재우려고 애쓰던 밤에 벌떡 일어나 일기에 썼던 그

말처럼, 다행입니다. 정말로. 내가 당신의 딸이라는 사실이 말입니다.

이 글은 제가 지겨운 고3을 보낼 때, 당신이 매주 화요일 저에게 써 주었던 편지를 토대로 하고 있습니다. 2년이 채 지나지 않았는데 이 글을 보니까 웃음이 나기도 하고 아련하기도 한 기분입니다. 여기에 등장하는 위녕은 '이건 내가 아니야'라고 생각하고 싶을 만큼 철부지입니다만, '그 편지를 받던 시절은 참 철이 없었어'라고 말하기에는 제게는 참으로 길고 외로운 시간이었습니다.

이제야 하는 말이지만, 저는 당신의 딸이어서 참 많이 외로웠습니다. 누가 그 외로움을 다 표현해줄 수 있을까요? 학교에 다녀와 가방도 내려놓지 않고 제일 먼저 당신의 방으로 들어갔을 때, 그 텅 빈 방을 보며 느꼈던 쓸쓸함과 서러움. 어린 시절의 기억들이 물밀듯이 밀려오는 것 같아서 무척이나 괴로웠습니다.

하지만 그로부터 고작 몇 년이 지나지도 않은 지금, 한밤중 벌떡 일어나 일기에 쓰는 것입니다. '다행이다. 정말로 다행이다' 하고.

이따금 혼자 소주잔을 기울이면서 당신은 제게 미안하다

했습니다. 당신이 제게 온전히 몰두할 수 있는 시간이 없는 것을 용서해달라고 했습니다. 그런 밤이면 우리는 소파 위에 붙어 앉아서, 당신은 소주잔을 나는 맥주 캔을 홀짝거리면서 (그리고 다이어트란 명목으로 이가 까매질 만큼 구운 김을 집어 먹으면서) 수많은 이야기를 나눴습니다. 그때 당신은 제 곁에 없었던 시간을 보상하기라도 하듯이, 제게 당신의 모든 것을 가르쳐주었습니다. 그때 한 이야기들이 요 몇 년간 저를 이렇게 바꾸어놓지 않았나 싶습니다. 그리고 아마 앞으로도 당분간, 그 이야기들이 저를 자라게 할 것입니다. 당신은 이렇듯 제게 분명 외로움을 주었지만, 그것과는 비할 수 없는 진정한, 성장의 자유도 함께 주었습니다.

안정된 직업, 안정된 직장, 안정된 가정과, 실패 없는 인생을 노래하는 친구들 틈에서 내가 돌연변이는 아닐까 걱정할 때, 집에 돌아오면 한밤중에 소주잔을 기울이고 있는, 안정된 것이라고는 마음 하나뿐인 당신이 거기 있습니다. 그럴 때 저는 자유롭습니다. 당신의 삶은 분명 괴롭고 험난해 보이지만, 행복해 보입니다. 저는 생각했습니다. 당신처럼 살고 싶다고.

제가 이 편지들을 받을 무렵 당신은 마치 성불이라도 하려는 듯, 거의 제게 아무것도 요구하지 않았습니다. (물론 이건 지금 와서 생각이고 그때는 당신이 제게 틈만 나면 잔소리를 한다고 느끼긴 했습니다. 훔……) 하지만 당신이 저에게 가혹할 정도로 요구한 것이 딱 하나 있습니다.

당신은 입버릇처럼 제게 말했습니다. '현재를 살아라, 언제나 깨어 있어라.' 당신은 제게 좋은 대학에 들어가라고 말하는 대신, 하루하루를 진심으로 죽을힘을 다해 살아가라고 했습니다. 그 말은 제 가슴속에 있습니다. 어떤 좋은 대학과도 바꿀 수 없는 특별한 자유입니다.

이 모든 것들이 어느 날 갑자기 깨달음처럼 제게 왔습니다. 안정되어라, 그 자리에 가만히 있어라, 순탄해라……. 쉼 없이 나에게 명령하는 세상에서 갑자기 벗어난 기분입니다. 당신과 함께 찾으며 갈구했던 그 자유의 한 자락을 손에 쥐었으니 이제는 놓지 않을 생각입니다. 당신이 제게 했던 말처럼, 사랑이 나에게 상처 입히는 것을 허락하겠습니다. 넓은 사막에 혼자 버려진 것처럼 방황하겠습니다. 넘치도록 가득한 내젊음과 자유를 실패하는 데 투자하겠습니다.

수없이 상처 입고 방황하고 실패한 저를 당신이 언제나 응원할 것을 알고 있어서 저는 별로 두렵지 않습니다.

이제 미사를 드리러 갈 시간입니다. 성당에 다녀오면, 당신이 저를 기다리고 있을 것입니다. 그러면 오늘은 처음으로 당신과 함께 수영을 해볼까 합니다.

자, 그러면 오늘도 좋은 하루!

엄마의 딸 위녕

보이지 않아도 널 응원하고 있단다

말이야, 갑자기 그 기억이 떠올랐단다. 아주 오래전의 어느 가을날이었을 거야. 너는 유치원의 첫 운동회에 참가하고 있었다. 그때 너와 한집에 살고 있지 않던 엄마는 너의 운동회를 보러 네가 살고 있는 도시로 갔지. 아침 무렵 차가 많이 막히는 바람에 엄마는 조금 늦게 도착했어. 너는 병아리처럼 조잘거리는 아이들 틈에서 달리기 준비를 하고 있었지. 엄마가 너를 찾아낸 것은 네가 막 스타트 라인에 서 있을 때였어. 멀리서지만 우리는 서로를 알아보았고, 엄마는 눈짓으로 엄마가 늦은 것을 사과하면서 네가 오늘 아주 씩씩하게 뛰어주기를 바라며 힘껏 손을 흔들었단다. 아마도 엄마가 오지 않을까 두려웠던 너는 엄마의 얼굴을 보자 얼굴을 활짝 펴고, 그리고 이어 수줍은 미소로 엄마의 격려에 대답했었어. 엄마는 학부형들 틈에 끼어 너를 바라보고 있었다. 벌써 키가 크고 의젓한 우리 딸이 얼마나 대견하고 예쁘든지, 사진기를 꺼내 들고 네가 달리기를 기다리고 있었지.

그리고 출발을 알리는 총이 울렸어. 너희 반 아이들 모두 와아, 하고 쏟아져 나와 목표를 향해 달렸다. 엄마는 다른 엄마들 틈에 서서 '위녕, 위녕, 잘한다, 잘한다' 소리치고 있었는데, 어느 순간 네가 멈추어 서더니 그 자리에서 두 손으로 얼굴을 가리고 울어버리는 거야. 설마, 했지만 백여 명의 유치원생들 중 달리기를 멈추고 우는 단 하나의 아이, 그게 바로 엄마의 딸, 너였어.

아주 짧은 순간이었지만 엄마는 네가 왜 달리기를 멈추고 울고 있는지 알았단다. 선생님들이 너에게로 달려가고 있었지. 학부형들을 헤치고 운동장 안으로 들어가려 했지만 갈 수 없었기에 엄마는 네게 소리쳤단다.

'위녕, 엄마 여기 있어, 여기 있다구! 울긴 왜 울어! 울지 마, 이 녀석아.'

우리가 지금도 가끔 그 이야기를 꺼내면 엄마는 아직도 울고 너는 쑥스러워하지만, 그래, 엄마의 짐작대로 너는 순간이었지만 멀리서 본 엄마의 모습이 진정 환영은 아니었을까 의심했고, 그리고 혹시 환영이 아니었다 해도 늘 곁에 없었던 엄마가 널 두고 다시 가버렸나 겁에 질렸던 거지. 그리고 엄마가 큰 소리로 너를 응원하고 있었지만 엄마의 목소리는 네게가 닿지 못했었던 거야.

이 기억의 편린들이 엄마로 하여금 이 편지들을 쓰게 했는지도 모르겠어.

솔직히 말하면 지금의 네가 엄마가 처녀 시절에 꿈을 꾸던 그런 딸은 분명 아니야. 엄마가 꿈꾸던 딸은 물론 늘 전교에서 1등을 해야 하고, 선생님들에게 칭찬은 도맡아 받고, 키는 크고 얼굴은 예쁘고(네 아빠와 엄마가 네게 물려준 유전자와는 아무 상관도 없이) 몸매는 미인대회에 나갈 정도이지만 그런 대회에는 결코 나갈 생각이 없이 늘 세계 명작을 읽고 있는 데다가, 영어는 기본으로 잘하고 거기에다가 약간의 프랑스어와 일본어를 하며(중국어도 괜찮아), 집에서는 동생들을 잘 돌보는 누나이고 엄마에게는 늘 대견하며 아빠에게는 애곳덩어리인…… (솔직히 숨이 차긴 하다.) 그런 딸이어야 했지.

웃지 말라구. 이런 생각을 할 무렵에는 엄마는 너보다도 철이 없었을 때였으니까 말이야. 이렇게 숨이 차게 나열을 하는 모든 조건에 솔직히 너는 거의 한 가지도(미안해. 한두 가지는 거의 근접하고 있기는 해. 좀 더 네가 노력한다면 말이야) 도달해 있지 않지만 엄마는 엄마가 꿈꾸던 딸이 바로 너라는 것을 알게 되었단다.

엄마가 너만 할 때, 엄마의 엄마들은 별로 사랑을 해본 경험도 없고, 직장을 가져본 적도 없는 여자들이었어. 그래서 엄마의 세대들은 그 모든 것들을 그저 홀로 배워야 했단다. 엄마는 잘 사랑하는 것과 잘 헤어지는 것과 자신의 직업을 성취해나가는 것을 배운 적이 없었기에 날마다 시행착오를 겪어야 했어.

하지만 엄마가 엄마의 엄마에게 한 가지 배운 것이 있긴 했는데 그건 엄마가 무엇을 하든 엄마를 믿고 지지해주고 응원해주었다는 거야. 그 믿음과 지지와 응원이 있었기에 엄마는 수없이 넘어졌지만 다시 일어섰고 그리고 웃을 수조차 있었는지도 몰라.

위녕, 언젠가 어두운 모퉁이를 돌며, 앞날이 캄캄하다고 느낄 때, 세상의 모든 문들이 네 앞에서만 셔터를 내리고 있다고 느껴질 때, 모두 지정된 좌석표를 들고 있는데 너 혼자 임시 대기자 줄에 서 있다고 느껴질 때, 언뜻 네가 보았던 모든 희망과 믿음이 실은 환영이 아니었나 의심될 때, 너의 어린 시절의 운동회 날을 생각해. 그때 목이 터져라 너를 부르고 있었던 엄마의 목소리를. 네 귀에 들리지 않는다고 해서, 네 눈에 보이지 않는다고 해서 존재하지 않는 것은 아니야. 엄마가 아니라면, 신 혹은 우주 혹은 절대자라고 이름을 바꾸어 부른다고 해서 달라질 것은 없겠지.

위녕, 너는 아직 젊고 많은 날들이 남아 있단다. 그것을 믿어라. 거기에 스며 있는 천사들의 속삭임과 세상 모든 엄마 아빠의 응원 소리와 절대자의 따뜻한 시선을 잊지 말아라. 네가 달리고 있을 때에도 설사, 네가 멈추어 울고 서 있을 때에도 나는 너를 응원할 거야.

엄마는 오늘 진짜로 수영을 갔어. 그랬는데 그 수영장은 대형 슈퍼마켓으로 바뀌었더구나. 어느새……. 음, 그러니까 엄마가 뭐랬니? 오늘 할 일을 내일로 미루지 말라고 그랬잖아.

휴우, 괜찮아. 삶이란 그런 것. 우리에게는 아직 남은 오늘이 있고 또 다른 수영장도 있어.

음, 그러니까 오늘도 좋은 하루!

표지 및 본문 그림 | 조광호 신부

강원도 삼척에서 태어나 가톨릭대학교를 졸업하고, 1979년 사제 서품을 받았다. 독일 뉘른베르크대학과 동 대학원에서 그림 공부를 했다. 그동안 인천가톨릭대학교 종교미술학부 교수이자 화가 사제로서, 종교적이고 철학적인 메시지를 회화, 판화, 이콘화, 유리화, 조각 등으로 다양하게 표현해왔다. 현재 가톨릭조형예술연구소에서 스테인글라스 제작과 설치에 주력하고 있다. 지은 책으로 『그대 문의 안과 밖에서』, 『얼굴』, 『내가 만난 천사 이야기 ANGEL』, 『꽃과 별과 바람과 시』 등이 있다.

네가 어떤 삶을 살든 나는 너를 응원할 것이다

초판 1쇄 2008년 3월 24일
제2판 1쇄 2016년 8월 20일
제2판 18쇄 2024년 10월 31일

지은이 | 공지영
펴낸이 | 송영석

주간 | 이혜진
편집장 | 박신애 **기획편집** | 최예은 · 조아혜 · 정엄지
디자인 | 박윤정 · 유보람
마케팅 | 김유종 · 한승민
관리 | 송우석 · 전지연 · 채경민

펴낸곳 | (株)해냄출판사
등록번호 | 제10-229호
등록일자 | 1988년 5월 11일(설립일자 | 1983년 6월 24일)

04042 서울시 마포구 잔다리로 30 해냄빌딩 5·6층
대표전화 | 326-1600 **팩스** | 326-1624
홈페이지 | www.hainaim.com

ISBN 978-89-6574-571-6